La photo qui tue

Anthony Horowitz

Né en 1957, Anthony Horowitz a écrit près d'une trentaine de livres pleins d'humour pour enfants et adolescents. Il a un public passionné autant en France que dans la douzaine de pays où ses histoires policières, fantastiques et d'horreur sont traduites. En Angleterre, son pays d'origine, il est également connu pour ses scénarios de séries télévisées. Les aventures d'*Alex Rider* ont été vendues à plus de treize millions d'exemplaires dans le monde.

Du même auteur :

- Alex Rider (9 tomes)
- L'île du crâne - Tome I
- Maudit Graal - Tome 2
- Le Pouvoir des Cinq (4 tomes)
- Les frères Diamant (4 tomes)
- La Maison de Soie - Le nouveau Sherlock Holmes
- Le diable et son valet
- Satanée grand-mère !
- Signé Frédéric K. Bower
- Mortel chassé-croisé
- L'auto-stoppeur
- Nouvelles histoires sanglantes

ANTHONY HOROWITZ

La photo qui tue

Neuf histoires
à vous glacer le sang

Traduit de l'anglais
par Annick Le Goyat

Cet ouvrage a paru en langue anglaise
chez Orchard Books (Londres)
sous le titre :
HOROWITZ HORROR

1

La photo qui tue

Le marché aux puces avait lieu chaque samedi aux abords de Crouch End. Il y avait là un terrain vague, qui n'était ni un parking, ni un chantier de construction, simplement un espace inoccupé et jonché de gravats, dont personne ne semblait savoir que faire. Un beau jour d'été, le déballage de brocante y avait surgi comme un essaim de mouches à un pique-nique. Depuis lors, il s'y tenait une fois par semaine. Ce n'était pas qu'il y avait grand-chose à acheter. Des verres cassés, de la vaisselle hideuse, des livres de poche moisis écrits par des auteurs inconnus, des bouilloires électriques et des pièces détachées de chaînes hi-fi hors d'âge.

Matthew King décida d'y faire un tour uniquement parce que c'était gratuit. Il y était déjà venu une fois et la seule chose qu'il en avait rapportée était un rhume. Mais il faisait beau, ce samedi après-midi, et il avait du temps à perdre. Et puis c'était juste à côté de chez lui.

On y trouvait toujours les mêmes vieilleries. Il avait peu de chances d'y dénicher un cadeau d'anniversaire pour son père, à moins que celui-ci n'ait une soudaine envie d'un puzzle de cinq cents pièces (moins une), ou d'une cafetière électrique (à peine ébréchée), ou encore d'un gilet tricoté à la main, d'un rose très inhabituel (beuhhhh).

Matthew soupira. Certains jours, il détestait vivre à Londres, et c'était un de ces jours-là. Ses parents ne consentaient à le laisser se promener seul que depuis qu'il avait quatorze ans, et c'est à ce moment seulement qu'il s'était aperçu que les possibilités de promenade étaient réduites. Le minable quartier de Crouch End, avec cette brocante sauvage encore plus minable, était-ce un lieu plaisant pour un beau garçon intelligent comme lui, un après-midi d'été ?

Il s'apprêtait à rebrousser chemin lorsqu'une voiture arriva et se gara dans le coin le plus reculé du terrain vague. Tout d'abord Matthew crut à une erreur. La plupart des véhicules qui venaient ici étaient vieux et rouillés, aussi déglingués que la marchandise qu'ils transportaient. Là il s'agissait d'une

Volkswagen d'un rouge éclatant, dotée d'un macaron de nouveau conducteur. Un homme élégamment vêtu en descendit, ouvrit le coffre et attendit, l'air réservé et mal à l'aise, comme s'il ne savait pas comment procéder. Matthew s'approcha sans se presser.

Jamais il n'oublierait le contenu du coffre de la Volkswagen rouge. C'était étrange car il avait une mauvaise mémoire. Dans ce jeu télévisé où les concurrents devaient se souvenir de tous les prix à gagner qui défilaient sur un tapis roulant, Matthew n'avait jamais été capable d'en retenir plus de deux ou trois. Cette fois, pourtant, tout s'imprima dans son esprit... Comme une photographie.

Il y avait des vêtements : un blouson de base-ball, plusieurs jeans, des tee-shirts. Une paire de rollers, une fusée Tintin, un abat-jour en papier. Des piles de bouquins : des livres de poche et un dictionnaire tout neuf. Une vingtaine de CD (en majorité de la pop), un Walkman Sony, une guitare, un carton rempli d'aquarelles, une Game Boy, une de ces planchettes « ouija », avec des signes et des lettres, dont on se sert dans les séances de spiritisme...

... Et un appareil photo.

Matthew s'en empara. Il avait conscience du petit attroupement qui se formait derrière lui et des mains qui se tendaient pour saisir les autres objets dans le coffre. Le propriétaire de la voiture ne bougeait pas.

Ne montrait aucune émotion. Il avait un visage rond, une petite moustache, et un air d'ennui. Visiblement il n'avait aucune envie de se trouver à Crouch End, dans cette brocante. Tout en lui exprimait sa répugnance.

— Je vous donne dix livres pour le blouson, lança quelqu'un.

Le blouson de base-ball était presque neuf et valait au moins trente livres.

— D'accord, répondit l'homme sans un tressaillement.

Matthew examina l'appareil photo. Il était ancien, probablement acheté d'occasion, mais paraissait en bon état. C'était un Pentax, bien que le X se fût estompé sur le boîtier. C'était le seul dommage apparent. Matthew approcha l'appareil de son visage et regarda dans le viseur. À environ cinq mètres, une femme brandissait l'horrible cardigan rose qu'il avait remarqué un peu plus tôt. Il régla la mise au point et sentit un frisson d'excitation l'envahir quand le puissant objectif le propulsa en avant, et que le cardigan envahit tout son champ de vision. Il distinguait même les détails des boutons blanc argenté qui pendaient au bout de leur fil. Matthew pivota. Il cherchait un sujet. Des voitures et des gens défilèrent devant son viseur. Sans raison précise, il cadra un grand miroir de chambre à coucher adossé contre une voiture. Son index trouva le déclencheur et le pressa. Il y eut un déclic satisfaisant. Apparemment l'appareil fonctionnait.

Cela ferait un cadeau parfait. Quelques mois auparavant, son père s'était justement plaint des photos qu'il avait prises lors de leurs dernières vacances en France. La moitié d'entre elles étaient floues, et les autres tellement surexposées que la vallée de la Loire paraissait aussi attrayante que le désert de Gobi par mauvais temps.

— C'est mon appareil, avait admis son père. Il est fichu. Je vais m'en acheter un autre.

Mais il ne l'avait pas fait. Dans une semaine, il aurait cinquante ans. Et Matthew tenait entre ses mains le cadeau idéal.

Combien coûtait-il ? Cher, probablement. C'était un appareil lourd, compact, solide. L'objectif semblait puissant. Il ne possédait pas de rembobinage automatique, de cadran digital, ni tous ces gadgets à la mode aujourd'hui. Mais la technologie était bon marché, tandis que la qualité était chère. Et c'était sans nul doute un appareil de qualité.

— Dix livres, ça vous irait ? risqua Matthew.

Si le vendeur avait accepté un prix aussi bas pour le blouson de base-ball, peut-être serait-il aussi conciliant avec l'appareil ? Mais, cette fois, il secoua la tête.

— Il en vaut au moins cent, déclara-t-il en se

détournant afin de prendre les vingt livres qu'une jeune femme lui offrait pour la guitare.

L'acheteuse s'éloigna en grattant les cordes de l'instrument.

— Je voudrais regarder l'appareil photo, lança une autre femme, brune et mince, la main tendue.

Matthew recula en serrant fermement l'appareil photo. Il avait trois billets de vingt livres dans sa poche de pantalon. Soit douze semaines de cirage de chaussures, lavage de voiture et autres corvées domestiques. Il n'avait pas eu l'intention de tout dépenser pour le cadeau de son père. Pas même la moitié.

— Quarante livres ? proposa-t-il à l'homme. C'est tout ce que j'ai, mentit-il.

L'homme le regarda, puis hocha la tête.

— D'accord, ça ira.

Matthew éprouva un pincement de joie mêlée de peur. Un appareil photo d'une valeur de cent livres pour quarante ? Il devait être cassé. Ou volé. Ou les deux. C'est alors que la femme brune ouvrit la bouche pour intervenir, et Matthew s'empressa de sortir son argent pour payer. L'homme prit les billets sans paraître ni satisfait ni désolé. Il se contenta de les plier et de les ranger dans sa poche comme si cela le laissait indifférent.

— Merci, dit Matthew.

L'homme croisa son regard.

— Je veux juste m'en débarrasser, expliqua-t-il. Je veux me débarrasser de tout ça.

— Qui en était le propriétaire ?

— Des étudiants, répondit l'homme en haussant les épaules, comme si cela expliquait tout.

Matthew attendit. L'attroupement s'était dispersé et ils restèrent seuls un moment.

— Je louais des chambres à des étudiants des Beaux-Arts, poursuivit l'homme. Ils étaient trois. Il y a deux mois, ils ont disparu. Ils se sont évanouis dans la nature en me devant deux mois de loyer. Quel culot ! J'ai essayé de les retrouver, mais ça n'a rien donné. Ils n'ont même pas eu la correction de téléphoner. Alors ma femme m'a suggéré de vendre quelques-unes de leurs affaires. Je ne voulais pas. Mais, après tout, ce sont eux qui sont en faute. Ce n'est que justice...

Une femme replète se glissa entre eux pour prendre une poignée de tee-shirts.

— Combien ? demanda-t-elle.

Malgré le soleil, Matthew eut subitement froid.

— *... ils ont disparu.*

Pourquoi des étudiants aux Beaux-Arts s'évanouiraient-ils brusquement dans la nature en abandonnant leurs affaires personnelles, dont un appareil photo de cent livres ? Manifestement le propriétaire avait honte de le vendre. Matthew agissait-il bien en l'achetant ? Il tourna rapidement les talons et s'éloigna avant que le vendeur ou lui-même change d'avis.

Il venait à peine de franchir la grille et de regagner la rue quand il entendit un grand fracas : le bruit reconnaissable du verre brisé. Il se retourna et vit que le grand miroir qu'il avait photographié était tombé. Du moins c'est ce qu'il crut. Il gisait, face contre terre, entouré d'éclats de verre.

Le propriétaire – un homme courtaud, massif, le crâne rasé – bondit pour empoigner un individu qui venait de passer.

— Vous avez renversé mon miroir ! brailla-t-il.

— Je ne m'en suis même pas approché, protesta l'autre, un jeune homme vêtu d'un jean et d'un tee-shirt *Guerre des étoiles*.

— Je vous ai vu ! Donnez-moi cinq livres...

— Fichez-moi la paix !

Matthew vit alors le « crâne rasé » lancer un coup de poing. Il entendit presque le choc des phalanges contre le visage. Le jeune homme cria. Du sang gicla de son nez et coula sur son tee-shirt.

Matthew serra l'appareil photo contre lui, tourna les talons, et partit précipitamment.

— Il a sûrement été volé, conclut Elizabeth King en prenant l'appareil photo.

— Je ne crois pas, répondit Matthew. Je t'ai raconté ce que m'a dit le vendeur.

— Combien l'as-tu payé ? demanda Jamie.

Jamie était son petit frère, de trois ans son cadet, et jaloux de tout ce qu'il faisait.

— Ce ne sont pas tes affaires, rétorqua Matthew.

Elizabeth poussa un levier du bout de l'ongle et l'arrière du boîtier s'ouvrit.

— Oh, regarde ! Il y a une pellicule à l'intérieur. Elle a été utilisée.

Elle renversa l'appareil et une pellicule Kodak tomba dans sa paume.

— Il a dû l'oublier, dit Jamie.

— Tu devrais peut-être la faire développer, suggéra Elizabeth. Qui sait ce que tu peux découvrir ?

— D'ennuyeuses photos de famille, marmonna Matthew.

— Ou des photos pornos ! s'esclaffa Jamie.

— Grandis un peu, espèce de débile, soupira Matthew.

— Minable ! se défendit Jamie.

— Demeuré...

— Allons, les garçons, ne vous chamaillez pas ! intervint Elizabeth en rendant l'appareil à Matthew. C'est un superbe cadeau. Chris va l'adorer. Il n'a pas besoin de savoir où tu l'as acheté... ni comment il est arrivé là.

Christopher King était un acteur. Pas très célèbre, mais les gens le reconnaissaient grâce à une publicité pour une marque de café qu'il avait tournée deux ans plus tôt. Quoi qu'il en soit, il travaillait régulièrement. Ainsi, la semaine précédant son cinquantième anniversaire, il jouait le rôle de Brutus dans *Macbeth,* de Shakespeare (« la pièce écossaise » ainsi qu'il l'appelait car, disait-il, cela portait malheur de prononcer le titre). Il était assassiné six soirs et une matinée par semaine depuis un mois, et il commençait à attendre la fin des représentations avec impatience.

Matthew et Jamie adoraient quand leur père jouait à Londres, surtout si cela coïncidait avec les vacances d'été. Ils pouvaient ainsi passer une grande partie de la journée ensemble. La famille avait un labrador, Polonius, et tous les quatre allaient souvent se promener à Hampstead Heath. Elizabeth travaillait à mi-temps dans un magasin de vêtements, mais elle les accompagnait parfois. Ils formaient une famille unie et heureuse. Les King étaient mariés depuis vingt ans.

Au fond de lui, Matthew était un peu perturbé par la somme d'argent qu'il avait dépensée pour l'appareil, mais, lorsque le jour de l'anniversaire arriva, il n'y pensait plus et fut sincèrement ravi de la réaction de son père.

— Superbe ! s'exclama Christopher en examinant l'appareil photo.

Ils venaient de terminer le petit déjeuner et étaient tous assis autour de la table de la cuisine.

— Exactement ce que je voulais ! Temps de pose automatique et cellule photoélectrique ! Plusieurs ouvertures... Où l'as-tu déniché, Mat ? demanda-t-il en regardant Matthew qui souriait de plaisir. Tu as attaqué une banque ?

— C'est de l'occasion, annonça Jamie.

— Ça, je le vois. Mais c'est quand même un excellent appareil. Il y a une pellicule ?

— Je n'en ai pas acheté, papa...

Matthew se souvint alors du film trouvé à l'intérieur, qui était maintenant sur sa table de nuit. Il se maudit de son oubli. Pourquoi n'avait-il pas pensé à acheter une pellicule neuve ? À quoi servait un appareil sans film ?

— Tu devrais ouvrir mon cadeau, papa, dit Jamie.

Christopher posa l'appareil photo et prit un petit paquet enveloppé dans un papier *Power Rangers*. Il déchira le papier et éclata de rire en découvrant une boîte de pellicule.

— Tu as eu une idée géniale, Jamie.

« Radin », songea Matthew. Mais il s'abstint prudemment d'émettre son avis à voix haute.

— Comment la met-on... ?

— Laisse-moi faire, proposa Matthew.

Il saisit l'appareil et souleva le dos du boîtier. Puis il ouvrit la boîte de la pellicule et commença à mettre le film en place.

Mais il n'y réussit pas.

Il s'arrêta.

Et s'enfonça dans un cauchemar éveillé.

Il avait l'impression que sa famille – Christopher et Elizabeth assis à la table, Jamie debout à côté d'eux – était devenue une photo. C'était comme si Matthew les regardait de l'extérieur, figés dans un autre monde. Tout semblait s'être immobilisé. En même temps il éprouvait une sensation qu'il n'avait jamais éprouvée. Un étrange frisson dans le creux de la nuque lui hérissa les cheveux l'un après l'autre. Il baissa les yeux sur l'appareil photo, qui était devenu un trou béant et noir entre ses mains. Il s'y sentit tomber, aspiré. Une fois qu'il y serait englouti, le boîtier se refermerait avec un claquement sec comme un couvercle de cercueil, et l'engloutirait dans d'effroyables ténèbres...

— Matt ? Tu ne te sens pas bien ?

Christopher reprit l'appareil photo, brisant le charme, et Matthew s'aperçut qu'il tremblait de tout son corps. Il avait les épaules et les paumes en sueur. Que lui arrivait-il ? Quelle étrange expérience venait-il de vivre ?

— Ça va. Je...

Il cligna les yeux et secoua la tête.

— Tu as attrapé un rhume d'été ? s'inquiéta sa mère. Tu es tout pâle.

— Je...

Il y eut un déclic. Christopher brandit triomphalement l'appareil photo.

— Ça y est ! J'ai mis la pellicule !

Jamie grimpa sur une chaise et leva une jambe dans une pose de statue.

— Prends-moi en photo ! Prends-moi en photo, papa !

— Je ne peux pas. Je n'ai pas de flash.

— Allons dans le jardin !

— Il n'y a pas assez de soleil...

— Photographie quelque chose, Chris, dit Elizabeth.

Christopher finit par prendre deux photos. Peu importaient les sujets, dit-il. C'était juste un essai.

Pour commencer il photographia l'arbre qui trônait au milieu de la pelouse. C'était le cerisier qu'Elizabeth avait planté après l'apparition de Christopher dans *La Cerisaie,* de Tchekhov, juste après leur mariage. Depuis, l'arbre fleurissait chaque année.

Ensuite, il photographia Polonius, le labrador, que Jamie avait décidé à sortir de son panier pour aller gambader dans le jardin.

Matthew assista à tout cela en souriant mais sans y prendre part. Il se sentait encore nauséeux. Il avait l'impression d'avoir été à moitié étranglé, ou frappé au creux de l'estomac. Il se servit un verre de jus de pomme. Sa mère avait probablement raison. Il avait dû s'enrhumer.

Mais tout fut oublié, un peu plus tard, lorsque deux acteurs de « la pièce écossaise » téléphonèrent pour leur proposer d'aller tous ensemble déjeuner dehors. Christopher prit ensuite un bus pour se rendre dans le centre. Le mercredi, il jouait en matinée et devait être au théâtre à deux heures. Matthew passa l'après-midi à jouer sur l'ordinateur, Polonius endormi à ses pieds.

C'est deux jours plus tard qu'Elizabeth s'en aperçut.

— Regardez ! s'exclama-t-elle en montrant le jardin.

— Quoi ? sursauta Christopher.

Il venait de recevoir une nouvelle proposition de rôle et lisait la pièce avant l'audition.

— Le cerisier !

Matthew s'approcha de la fenêtre. Il comprit aussitôt ce que sa mère voulait dire. L'arbre mesurait environ trois mètres de haut. La floraison était terminée et il avait déjà pris ses couleurs d'automne. Une explosion de feuilles rouge sombre sur les branches délicates attirait tous les regards. Du moins était-il ainsi la veille.

À présent, le cerisier était mort. Les branches étaient nues, les feuilles brunes et ratatinées, éparpillées sur la pelouse. Le tronc lui-même semblait avoir viré au gris, et l'arbre tout entier s'inclinait comme un vieillard malade.

— Que s'est-il passé ? s'étonna Christopher en ouvrant la porte de la cuisine pour aller dans le jardin.

Elizabeth le suivit. Il approcha de l'arbre et ramassa une poignée de feuilles.

— Il est complètement mort ! s'exclama Christopher.

— Mais un arbre ne peut pas... mourir comme ça.

Matthew n'avait jamais vu sa mère si triste, et il comprit brusquement qu'à ses yeux, le cerisier représentait beaucoup plus qu'un arbre... Il avait poussé en même temps que leur famille.

— On dirait qu'il a été empoisonné, murmura Elizabeth.

Christopher jeta les feuilles et s'essuya la main sur sa manche.

— Ça vient peut-être du sol, dit-il en attirant sa femme contre lui. Allons, ne sois pas triste. Nous en planterons un autre.

— Mais celui-là était spécial. *La Cerisaie...*

Christopher l'enlaça.

— Au moins, nous aurons la consolation d'en garder un souvenir. Je suis content de l'avoir photographié hier.

Ils rentrèrent dans la maison, laissant Matthew

seul dans le jardin. Il passa le doigt sur l'écorce de l'arbre. C'était froid et visqueux au toucher. Il frissonna. Il n'avait jamais rien vu d'aussi... mort.

« Je suis content de l'avoir photographié. »

Les paroles de Christopher résonnaient dans sa tête. Matthew se sentit brusquement mal à l'aise, mais il ne savait pas pourquoi.

L'accident survint le lendemain.

Matthew n'était pas encore levé. Il entendit d'abord le fracas de la porte d'entrée qui s'ouvrait, puis des éclats de voix qui montèrent jusqu'à lui :

— Elizabeth ! Que se passe-t-il ?

— Oh, Chris !

Dans son lit, Matthew se figea. Sa mère ne pleurait jamais. Jamais. Mais là elle sanglotait.

— C'est Polonius...

— Qu'est-il arrivé ?

— Je ne sais pas ! Je n'y comprends rien !

— Lizzie, il n'est pas...

— Si. Je suis désolée. Tellement désolée...

C'était tout ce qu'elle pouvait articuler.

Christopher prépara du thé dans la cuisine et écouta le récit abrupt des faits. Elizabeth était allée acheter le journal et poster des lettres, et elle avait emmené Polonius. Comme d'habitude, le chien trottinait à côté d'elle. Elle ne le tenait jamais en laisse. Il était parfaitement dressé. Jamais il ne courait sur la route, même s'il apercevait un chat ou un écureuil.

À la vérité, âgé maintenant de douze ans, Polonius ne courait plus du tout.

Or, ce jour-là, sans aucune raison, il s'était brusquement élancé sur la chaussée. Elizabeth ne s'en était aperçue que trop tard. Elle avait ouvert la bouche pour le rappeler au moment où la Land Rover surgissait au coin de la rue, roulant beaucoup trop vite. Toutes les voitures roulaient trop vite sur Wolseley Road. Elizabeth avait fermé les yeux. Mais elle avait entendu le glapissement, le choc terrible, et elle avait compris que Polonius n'y survivrait pas.

Au moins la mort avait été instantanée. Le conducteur de la Land Rover s'était excusé et avait proposé son aide. Il avait conduit le chien chez le vétérinaire... pour qu'il soit enterré, incinéré ou Dieu sait quoi. Polonius était parti. Il vivait dans la famille depuis qu'il était chiot et à présent il n'était plus là.

Allongé sur son lit, Matthew écouta ses parents parler et, bien qu'il n'entendît pas tout, cela lui suffit pour comprendre. La tête sur l'oreiller, les yeux embués de larmes, il murmura :

— Tu as photographié Polonius. C'est tout ce qu'il nous reste de lui.

C'est alors que la lumière se fit dans son esprit.

À la brocante, Matthew avait pris le miroir en photo. Le miroir s'était brisé.

Son père avait pris le cerisier en photo. Le cerisier était mort.

Ensuite il avait photographié Polonius...

Matthew se tourna sur le côté et sa joue entra en contact avec le tissu froid de l'oreiller. Elle était là, à l'endroit où il l'avait posée, sur la table de nuit. La pellicule trouvée dans l'appareil photo. La pellicule qui avait été utilisée.

L'après-midi même il la porta à développer.

Il y avait vingt-quatre photos.

Matthew avait commandé un Coca-Cola dans un café de Crouch End. Il ouvrit le paquet et laissa les photos brillantes glisser sur la table. Pendant un instant il hésita. Il avait mauvaise conscience de pénétrer ainsi par effraction dans la vie d'autrui... comme un voyeur. Mais il fallait qu'il sache.

La première dizaine de clichés le rendit plus mal à l'aise encore. On y voyait un jeune homme d'une vingtaine d'années, dont Matthew devina qu'il s'agissait du propriétaire de l'appareil. Sur une photo, le jeune homme embrassait une jolie blonde. Sur une autre, il lançait une balle de base-ball.

Des étudiants des Beaux-Arts. Ils étaient trois...

L'homme du marché aux puces louait des chambres à des étudiants. Il devait s'agir d'eux. Trois personnes. Le propriétaire de l'appareil, la fille blonde, et un autre garçon, mince, avec des cheveux longs et des dents irrégulières.

Matthew survola rapidement les autres photos.

Une exposition de peinture. Une rue de Londres. Une gare. Une plage. Un bateau de pêche. Une maison...

La maison était différente. Elle ne ressemblait à rien de ce que Matthew connaissait. Haute de quatre étages, dans un jardin en friche, émergeant d'un fouillis d'orties et d'églantiers, avec de longues feuilles en lames de couteau poussant entre les pierres. La bâtisse était visiblement inhabitée, vide. Quelques fenêtres étaient cassées. La peinture noire s'écaillait par endroits, laissant apparaître des briques qui luisaient comme une plaie suppurante.

Plus près. Une gargouille fissurée, qui saillait au-dessus de la porte d'entrée, lorgnait vers l'objectif. La porte était un lourd panneau de chêne, avec un heurtoir qui figurait des bras de bébé, les mains jointes.

Six personnes se trouvaient dans la maison ce soir-là. Une photo de groupe les représentait dans le jardin. Matthew reconnut les trois étudiants des Beaux-Arts. Tous vêtus de chemises noires et de jeans noirs. Deux autres hommes et une fille, également âgés d'une vingtaine d'années, se tenaient debout derrière eux. L'un des hommes brandissait les bras en l'air et grimaçait, dans une grotesque imitation de vampire. Ils riaient. Matthew se demanda si une septième personne avait pris la photo ou s'ils avaient utilisé le déclencheur automatique. Il passa à la photo suivante et pénétra dans la maison.

Clic. Un vaste hall d'entrée. Des dalles immenses et, plus loin, la masse pourrissante d'un escalier de bois qui montait vers nulle part.

Clic. La fille blonde buvant du vin rouge. Directement à la bouteille.

Clic. Un type blond tenant deux bougies. Derrière lui, un autre tenant un pinceau.

Clic. De nouveau les dalles du hall, mais cette fois elles s'ornent d'un cercle peint en blanc, et le type blond trace des mots. Malheureusement ils sont illisibles à cause du reflet du flash.

Clic. D'autres bougies. Les flammes vacillent. Elles sont disposées en cercle. Trois membres du groupe se tiennent les mains.

Clic. Ils sont nus ! Ils se sont déshabillés. Matthew peut tout voir mais, en même temps, il ne voit rien. Il n'en croit pas ses yeux. C'est de la folie...

Clic. Un chat. Un chat noir. Sous l'éclair du flash, ses yeux sont devenus deux pointes de feu. Le chat a des dents pointues et blanches. Il grogne, il gigote, il se débat dans les mains qui le tiennent.

Clic. Un couteau.

Matthew ferma les yeux. Il venait de comprendre ce que ces gens faisaient. En même temps il se souvint de l'autre objet que l'homme vendait dans le coffre de sa voiture. Il l'avait remarqué sur le moment mais n'y avait plus pensé. La tablette de spiritisme « ouija ». Un jeu pour ceux qui aiment jouer avec ce qu'ils ne comprennent pas. Un jeu pour ceux qui n'ont pas peur du noir. Matthew, lui, en avait peur.

Assis là, dans le café, les photographies étalées sur la table devant lui, il avait du mal à se convaincre de ce qu'il voyait. Pourtant la vérité était là, sans échappatoire. Un groupe d'étudiants s'était réuni dans une maison abandonnée. Peut-être avaient-ils emporté un livre, un vieil ouvrage de magie noire trouvé chez un antiquaire ? Un jour, Matthew en avait vu un de ce genre, dans le magasin où sa mère travaillait alors. C'était un vieux livre relié de cuir, avec des pages jaunies et un texte manuscrit à l'encre noire, avec des bavures. Un « grimoire », avait-elle appelé ça. Les jeunes étudiants en avaient sans doute déniché un quelque part et, lassés de la tablette « ouija », préféré des divertissements plus dangereux, plus effrayants. Ils avaient tenté d'invoquer...

Quoi ?

Un fantôme ? Un démon ? Matthew avait vu assez de films d'horreur pour reconnaître ce que les photos représentaient. Un cercle magique. Des bougies. Le sang d'un chat mort. Les six amis avaient pris tout cela très au sérieux. Jusqu'à se mettre nus pour exécuter le rituel. Et ils avaient réussi. Matthew pressentait que le rituel avait atteint son but. Ils étaient parvenus à faire venir... quelque chose. Et ce quelque chose les avait tués.

« *Ils ont disparu. Ils se sont évanouis dans la nature...* »

Leur logeur ne les avait plus jamais revus. Pourtant ils étaient retournés chez lui, dans l'appartement qu'ils louaient, sinon il n'aurait pas trouvé l'appareil photo. Mais, ensuite, quelque chose était survenu. Non pas à l'un d'entre eux, mais à tous.

L'appareil photo...

Matthew regarda les clichés. Il en restait trois ou quatre dans le tas qu'il n'avait pas vus. Il tendit la main pour les prendre mais s'arrêta. Le propriétaire de l'appareil avait-il photographié la créature, la chose, ou quel que soit le nom de ce qu'ils avaient invoqué avec leur magie noire ? Était-ce sur la table devant lui ? Était-il possible que... ?

Matthew ne voulut pas savoir.

Il ramassa toutes les photos et les tordit entre ses mains. Il essaya de les déchirer mais n'y parvint pas. Soudain il avait envie de vomir. Il était en colère. Il n'avait rien souhaité de tout ça. Il voulait juste un cadeau d'anniversaire pour son père, et il avait introduit une chose horrible et diabolique dans la maison. L'une des photos lui glissa des doigts et...

... une forme rouge, luisante, deux yeux étincelants, une ombre immense...

... Matthew l'aperçut du coin de l'œil malgré ses efforts pour ne pas regarder. Il saisit la photo et commença à la déchirer, en deux, en quatre, en multiples morceaux.

— Ça va, mon petit ?

La serveuse avait surgi de nulle part devant sa table et observait Matthew. Il esquissa un demi-sourire et ouvrit la main. Les petits fragments de photo s'éparpillèrent.

— Oui, ça va. Je ne veux pas de ces photos.

— Je le vois. Tu veux que je les mette à la poubelle ?

— Oui, merci.

La serveuse rassembla les photos et les morceaux épars, et emporta le tout. Lorsqu'elle revint, la table était vide. Matthew était déjà parti.

Trouver l'appareil photo. Détruire l'appareil photo. Ces deux pensées l'obsédaient. Il donnerait des explications à son père ensuite. Ou peut-être pas. Comment lui raconter ce qu'il savait désormais être vrai ?

« Tu vois, papa, le garçon qui possédait l'appareil photo s'en est servi dans un rituel de magie noire. Il a photographié le démon et le démon l'a tué, ou bien il l'a effrayé au point de le faire fuir, et maintenant le démon est *à l'intérieur* de l'appareil. Chaque fois que tu prends une photo, tu tues ce que tu as photographié. Tu te souviens du cerisier ? de Polonius ? Et puis aussi le miroir... »

Christopher le prendrait pour un fou. Mieux valait ne même pas essayer d'expliquer. Il prendrait l'appareil photo et irait le perdre quelque part. Peut-être au fond d'un canal. Ses parents penseraient que quelqu'un l'avait volé. Mieux valait qu'ils ne soient jamais au courant.

Matthew arriva chez lui et ouvrit la porte avec son trousseau de clés.

Il comprit aussitôt que ses parents étaient absents. La patère était vide et, hormis les bruits de pas au premier étage, la maison semblait déserte. Quand il ferma la porte, l'aspirateur se tut et une petite femme potelée apparut en haut de l'escalier. Elle s'appelait Mme Bailey et venait deux fois par semaine aider Elizabeth pour le ménage.

— C'est toi, Matthew ?

Elle se détendit en l'apercevant et ajouta :

— Ta maman m'a demandé de te prévenir qu'elle sortait.

— Où est-elle allée ? questionna Matthew, qui sentait les premiers picotements de l'angoisse.

— Ton papa l'a emmenée avec Jamie au parc de Hampstead. Il a emporté le nouvel appareil photo que tu lui as offert. Il a dit qu'il voulait prendre ta maman et ton frère en photo...

Et voilà. Matthew sentit le sol se dérober sous lui et il bascula en arrière. Ses épaules heurtèrent le mur.

L'appareil photo.

Le parc de Hampstead.

« Pas maman ! Pas Jamie ! »

— Mon Dieu, Matthew ! Que t'arrive-t-il ? s'écria Mme Bailey en descendant l'escalier quatre à quatre. On croirait que tu as vu un fantôme !

— Il faut que j'aille là-bas ! bredouilla Matthew en un flot inintelligible.

Il se força à ralentir et reprit :

— Vous avez votre voiture, madame Bailey ? Pouvez-vous m'y conduire ?

— Mais je n'ai pas encore nettoyé la cuisine...

— Je vous en prie ! C'est très important !

Mme Bailey dut percevoir l'urgence dans sa voix. Elle le dévisagea, intriguée. Puis elle hocha la tête.

— Très bien, je vais t'emmener, puisque tu y tiens. Mais le parc est immense. Je ne sais pas comment tu pourras les trouver.

Elle avait raison, bien sûr. Le parc s'étendait de Hampstead à Highgate, et jusqu'à Gospel Oak. Il y avait la pelouse, gigantesque, et puis les sentiers sinueux, les lacs et les bosquets. Quand on se promenait à Hampstead on n'avait pas l'impression d'être à Londres. Même quand on savait où on allait, il était facile de se perdre. Où étaient-ils ? Ils pouvaient être n'importe où.

Mme Bailey dirigeait sa vieille Fiat Panda rouillée vers la porte principale, côté Highgate, lorsque Matthew l'aperçut, garée près de l'arrêt d'autobus. La voiture de son père ! Un autocollant sur la vitre arrière proclamait : *Le théâtre vivant rend la vie meilleure,* et les lettres rouges lui sautèrent aux yeux. Ce slogan stupide avait toujours embarrassé Matthew, mais cette fois il le lut avec un immense soulagement.

— Arrêtez-vous là, madame Bailey ! s'écria-t-il.

Mme Bailey braqua brutalement le volant pour se ranger sur le bas-côté, et des coups de klaxon furieux protestèrent derrière elle.

— Tu les as vus ? demanda Mme Bailey

— Leur voiture, seulement. Ils ont dû monter à Kenwood.

Kenwood House était le plus beau panorama de Hampstead. Une bâtisse blanche, datant du XVIIIe siècle, sur un terrain en pente douce, avec une pelouse et un lac. L'endroit idéal pour se promener...

Et prendre une photo.

Matthew se rua hors de la voiture et claqua la portière derrière lui. Il imaginait déjà Elizabeth et Jamie posant devant la maison, et souriant à Christopher qui braquait l'appareil photo sur eux. « Un peu plus près. Souriez... » Son index presserait le déclencheur. Et ensuite ? Matthew se souvenait du cerisier, décoloré et mort. De Polonius, tué sur la route. Du miroir, qui avait volé en éclats, et de la bagarre qui s'en était suivie. Et, tout en courant vers l'entrée du parc, il se demanda s'il n'était pas devenu fou, s'il n'avait pas tout imaginé. Mais il y avait les photos. La maison abandonnée, les bougies...

L'ombre. Deux yeux incandescents...

Matthew savait qu'il ne se trompait pas, qu'il n'avait rien inventé, qu'il ne lui restait peut-être que quelques minutes pour sauver son père, sa mère et son frère.

S'il n'était pas déjà trop tard.

Christopher, Elizabeth et Jamie n'étaient pas à Kenwood. Ils n'étaient pas sur la terrasse, ni sur la pelouse. Matthew courut d'un bout à l'autre de la maison en bousculant les promeneurs, sans se soucier de leurs cris de protestation. Il crut apercevoir Jamie dans les jardins d'agrément et bondit sur lui. Mais c'était un étranger, qui ne ressemblait en rien à son frère. Le monde tout entier paraissait avoir volé en éclats (comme le miroir). Il n'avait conscience que du vert de la pelouse, du bleu du ciel, et, entre les deux, des pièces multicolores du puzzle en vrac qu'étaient les gens.

— Maman ! Papa ! Jamie !

Il criait leurs noms sans cesser de courir, espérant

contre tout espoir que, si lui ne les voyait pas, eux l'entendraient. Il se rendait vaguement compte que les gens le regardaient, le montraient du doigt, mais il s'en moquait. Il évita de justesse un homme en fauteuil roulant. Il piétina un parterre de fleurs. Quelqu'un l'apostropha. Il poursuivit sa course.

Juste au moment où il allait abandonner, il les aperçut. Il resta là un instant, à bout de souffle, le cœur cognant dans sa poitrine. Était-ce vraiment eux ? Ils semblaient l'attendre.

Mais les avait-il rejoints à temps ?

Christopher tenait son appareil photo. Le bouchon était sur l'objectif. Jamie avait l'air de s'ennuyer. Elizabeth s'interrompit au milieu d'une phrase quand elle aperçut Matthew, et le dévisagea, stupéfaite.

— Matthew... ? Que fais-tu ici ? Que se passe-t-il ?

Matthew s'élança vers elle. Il s'aperçut tout à coup qu'il transpirait abondamment. Pas seulement à cause de la course, mais de peur. Il contempla l'appareil photo dans les mains de son père, résistant à l'envie de le lui arracher et de le briser. Il voulut parler mais, pendant un instant, aucun mot ne franchit ses lèvres. Il se força au calme.

— L'appareil photo..., articula-t-il d'une voix rauque.

— Quoi ? sursauta Christopher, inquiet.

Matthew déglutit. Il ne voulait pas poser la question. Mais il le fallait. Il devait absolument savoir.

— Tu as photographié maman ?

— Non, répondit Christopher en secouant la tête. Elle n'a pas voulu.

— Je suis décoiffée, se justifia celle-ci.

— Et Jamie ?

— Quoi Jamie ? dit l'intéressé.

Matthew l'ignora.

— Papa, as-tu photographié Jamie ?

— Non, sourit Christopher, intrigué. À quoi rime tout cela, Matthew ? Quel est le problème ?

Matthew leva les mains triomphalement.

— Tu n'as photographié ni maman, ni Jamie ?

— Non.

Mais alors une pensée horrible le saisit.

— Les as-tu laissés prendre une photo de toi ?

— Non, le rassura Christopher en lui posant une main sur l'épaule. Nous ne nous sommes pas pris en photo. Mais pourquoi est-ce si important ? Et d'abord, que fais-tu ici ?

Matthew sentit ses genoux se dérober. Il avait envie de se laisser tomber sur l'herbe. Une brise fraîche lui caressa les joues et un grand rire monta en lui. Il était arrivé à temps. Tout allait bien.

— Moi, j'ai pris une photo ! se vanta tout à coup Jamie.

Matthew se figea.

— Papa me l'a permis !

— C'est vrai, acquiesça Christopher. C'est la seule photo que nous ayons prise.

— Mais...

Quatre mots. Ensuite, sa vie ne serait plus jamais la même.

— Qu'as-tu photographié ?

— Londres, répondit Jamie en pointant le doigt.

La ville était là. Tout entière. À leurs pieds. Perchés sur la colline, ils la voyaient s'étaler devant eux. Le panorama embrassait tout. La cathédrale Saint-Paul, la tour de la poste centrale, la colonne de Nelson, Big Ben. C'était pour cela que les rois aimaient venir ici.

Pour la vue.

— Londres... ? s'étrangla Matthew.

— J'ai pris une photo géniale.

— Londres... !

Le soleil avait disparu. Pétrifié, Matthew contempla les nuages qui s'amassaient dans le ciel, et les ténèbres qui s'abattaient sur la ville.

2

Bain du soir

Dès le premier coup d'œil, elle lui déplut.

Ce samedi-là, Isabel était à la maison lorsqu'on livra la baignoire, et elle se demanda comment cet énorme monstre de fonte allait parvenir à se hisser jusqu'au premier étage, tourner l'angle du couloir, et entrer dans la salle de bains. Les deux livreurs maigrichons se posaient visiblement la même question. Trente minutes, quatre phalanges entaillées, et une centaine de jurons plus tard, la baignoire paraissait irrémédiablement coincée, et c'est seulement lorsque le père d'Isabel leur prêta main-forte qu'ils réussirent à la déloger. Dans la manœuvre, un des pieds courtauds du monstre déchira le papier peint :

ce qui provoqua une énième scène de ménage publique entre les parents d'Isabel, chacun rejetant la faute sur l'autre ainsi qu'ils en avaient l'habitude.

— Je t'avais demandé de la mesurer.

— Je l'ai mesurée.

— Oui, mais tu prétendais que les pieds se démontaient.

— Non, c'est toi qui l'as dit.

Il n'y avait que ses parents pour oser acheter une baignoire pareille. N'importe quelle famille normale serait allée dans un grand magasin de Londres, aurait choisi un des modèles exposés, payé avec une carte de crédit, et bénéficié d'une installation gratuite sous six semaines. Au revoir et merci.

Mais ce n'était pas le genre de Susan et Jeremy Martin. Depuis qu'ils avaient acheté leur petite maison début de siècle à Muswell Hill, dans le nord de Londres, ils consacraient leurs loisirs à la remettre en état. Et comme ils étaient enseignants l'un et l'autre, lui dans un collège privé et elle à l'école primaire, ils avaient de longues et fréquentes vacances.

Ainsi, la table de la salle à manger venait de chez un antiquaire de Hungerford, et les chaises d'une vente-débarras à Hove. Les placards de la cuisine étaient réchappés d'une benne à ordures de Macclesfield. Quant à leur grand lit, il était en pièces détachées lorsqu'ils l'avaient déniché dans la grange d'une ferme française des environs de Boulogne.

D'innombrables week-ends, d'innombrables heures passées à chercher, à mesurer, à imaginer, à discutailler et à se disputer.

Les disputes étaient le pire de tout. Autant qu'Isabel pouvait en juger, ses parents ne tiraient aucun plaisir de toutes les antiquités qu'ils achetaient. Ils se querellaient constamment – dans les boutiques, sur les marchés aux puces, et même pendant les ventes aux enchères. Un jour, son père s'était tellement énervé qu'il avait cassé l'objet du litige : un pot de chambre victorien qu'il avait finalement été obligé d'acheter. Recollé, le pot de chambre trônait désormais dans le vestibule, et ses fêlures trop visibles offraient une image maussade de leur mariage vieux de douze ans.

La baignoire datait elle aussi de l'époque victorienne. Ils l'avaient achetée dans un bric-à-brac. « Fin XIXe, avait assuré le marchand. Une beauté. Elle a encore sa robinetterie d'origine... »

Pourtant elle n'avait aucune grâce, posée là sur le sol en pin décapé, entourée de vannes, de rondelles et de bouts de tuyaux tordus. Avec son gros ventre blanc qui traînait presque par terre, elle évoquait à Isabel une vache attendant des petits. Ses pieds en fer évasés s'écartaient comme s'ils ne pouvaient supporter son poids. Une vache décapitée, bien entendu. Il y avait un trou rond à l'endroit des robinets et, dessous, une vilaine traînée jaunâtre dans l'émail blanc indiquait l'égouttement de l'eau depuis une centaine d'années. Isabel jeta un coup d'œil aux robinets qui gisaient à côté du lavabo en un tas informe de cuivre tacheté, et qui paraissaient trop grands pour la baignoire. Il y avait deux manettes, marquées « Eau chaude » et « Eau froide » sur des ronds ivoire jauni. Isabel imagina l'eau se déversant dans un déluge assourdissant. C'était obligatoire : la baignoire était très profonde.

Ce soir-là, personne ne l'utilisa. Jeremy avait affirmé pouvoir effectuer lui-même les branchements, mais la tâche se révéla au-dessus de ses compétences. Rien ne s'ajustait. Il faudrait la faire souder. Malheureusement aucun plombier ne pourrait intervenir avant le lundi, et, bien sûr, cela augmenterait la facture d'une quarantaine de livres. Ce qui déclencha aussitôt une nouvelle querelle entre Jeremy et Susan. Ce soir-là, ils dînèrent devant la télévision, et les rires creux d'une comédie couvrirent le silence glacial de la pièce.

À neuf heures, Susan dit à Isabel :

— Tu devrais monter te coucher, chérie. Demain il y a école.

— Oui, maman.

Isabel avait douze ans mais sa mère la traitait parfois comme un bébé. Peut-être parce qu'elle enseignait à l'école primaire. Bien que son père fût professeur au lycée privé de Highgate, Isabel continuait d'aller au collège public et elle en était heureuse. Highgate n'acceptait pas les filles et elle avait toujours trouvé les garçons des établissements non mixtes trop proprets et trop convenables.

Isabel se déshabilla et se lava rapidement. Les mains, le visage, le cou, les dents. Dans cet ordre. Son reflet dans le miroir doré au-dessus du lavabo était assez plaisant, constata-t-elle, à l'exception de cet agaçant bouton sur le nez... Punition de l'Esquimau qu'elle avait mangé la veille. De longs cheveux bruns et des yeux bleus (hérités de sa mère), un visage allongé avec des pommettes et un menton étroits (hérités de son père). Jusqu'à l'âge de neuf ans elle avait été grassouillette, mais maintenant son corps s'affinait. Bien sûr, elle ne serait jamais mannequin. Elle aimait trop les glaces. Mais pas grosse non plus. Pas comme Belinda Price, sa meilleure amie à l'école, qui était condamnée à une vie de régimes désespérés et de vêtements informes.

L'image de la baignoire, que lui renvoyait le miroir au-dessus de son épaule, attira son attention et elle prit soudain conscience que, depuis qu'elle était entrée dans la salle de bains, elle avait évité de la regarder. Pourquoi ? Isabel posa sa brosse à dents, se retourna, et l'examina. Décidément elle ne l'aimait pas. Sa première impression se vérifiait. La baignoire était immense et laide, avec son émail terni et les traces jaunes du goutte-à-goutte sous le robinet. Et il lui sembla – c'était stupide mais elle ne pouvait chasser cette impression – que la baignoire *l'attendait.* Absurde. Elle esquissa un sourire crispé. Puis elle remarqua autre chose.

On voyait une petite flaque d'eau au fond de la baignoire. Isabel bougea la tête et l'eau capta la lumière. Sa première réaction fut de regarder le plafond. Il y avait sans doute une fuite au grenier. Sinon comment l'eau aurait-elle pu arriver dans une baignoire dont les robinets démontés gisaient à terre à côté du lavabo ? Pourtant non, aucune fuite. Isabel se pencha pour passer le doigt dans le fond de la baignoire. L'eau était tiède.

« J'ai dû éclabousser en me lavant », songea-t-elle.

Elle éteignit la lumière, quitta la salle de bains, et traversa le couloir pour rejoindre sa chambre, située face à celle de ses parents. Une petite voix lui soufflait que ce n'était pas vrai, qu'elle n'avait pas pu mouiller la baignoire en se lavant dans le lavabo. Mais c'était sans importance. C'était même ridicule. Elle se coucha en boule dans son lit et ferma les yeux.

Cependant, une heure plus tard, son pouce caressait encore le bout de son majeur qui avait touché l'eau, et il lui fallut longtemps, très longtemps pour s'endormir.

— C'est l'heure du bain ! lança son père quand Isabel rentra de l'école, le lendemain.

Il était de bonne humeur et arborait un large sourire en préparant le dîner.

— Le plombier est venu ?

— Oui. Ça m'a coûté cinquante livres. Mais n'en parle pas à ta mère. Il est resté deux heures.

Jeremy sourit et cligna plusieurs fois des yeux. Sa mimique rappela à Isabel ce que lui avait dit le frère d'une copine qui allait à Highgate. Le surnom de son père au lycée était Souris. Pourquoi les garçons étaient-ils aussi cruels ?

Isabel tapota le bras de son père.

— C'est très bien, papa. Je prendrai un bain après dîner. Qu'est-ce que tu nous prépares ?

— Des lasagnes. Ta maman est allée acheter du vin.

La soirée fut agréable. Isabel avait obtenu un rôle dans la pièce de théâtre montée à l'école : Lady Montaigu, dans *Roméo et Juliette*. Susan avait découvert un billet de dix livres dans la poche d'une veste qu'elle n'avait pas portée depuis des années. Et Jeremy avait été choisi pour accompagner un groupe d'élèves à Paris, à la fin du trimestre. Les bonnes nouvelles huilaient la machinerie familiale. Pour une fois, la soirée se déroula sans incidents.

Après dîner, Isabel fit ses devoirs pendant une demi-heure, puis elle embrassa ses parents et monta.

À la salle de bains.

La baignoire était prête. Installée. Définitive. Les robinets pointaient au-dessus du rebord, courbés comme un cou de vautour. Une bonde argentée au bout d'une lourde chaînette reposait sur le trou de vidange. Jeremy avait lustré le cuivre, qui luisait d'un nouvel éclat. Il avait aussi remis les serviettes sur le porte-serviettes et un tapis de bain vert sur le sol. Tout avait repris sa place. Pourtant la salle de bains, les serviettes, le tapis semblaient avoir rétréci. La baignoire était trop grande. Et elle *l'attendait*. Isabel ne pouvait s'ôter cette idée de la tête.

« Isabel, ne sois pas idiote ! »

Quel était le premier signe de la folie ? Se parler à soi-même. Et le second signe ? Se répondre. Isabel poussa un grand soupir et s'approcha de la baignoire. Elle se pencha et cala la bonde dans le trou. Du rez-de-chaussée lui parvenaient des bruits de télévision. *Le Monde en marche,* une des émissions préférées de son père. Elle tourna le robinet d'eau chaude, qui couina légèrement, puis le robinet d'eau froide d'un quart de tour. Restait maintenant à voir si le plombier avait mérité ses cinquante livres.

Pendant un instant, rien ne se produisit. Puis, dans le sol, quelque chose gronda. Le bruit dans la tuyauterie devint de plus en plus fort, mais l'eau ne sortait toujours pas. Enfin le robinet éructa, toussa comme un vieillard, ou comme un gros fumeur. Une bulle qui ressemblait à de la salive apparut à ses lèvres. Il toussa encore et cracha. Isabel le contempla avec consternation.

Ce que le robinet avait craché dans la baignoire était d'un vilain rouge, couleur de rouille. Les robinets postillonnèrent à nouveau et crachouillèrent encore un peu du liquide épais et sirupeux, qui tomba dans le fond de la baignoire et en éclaboussa les flancs. Isabel commençait à avoir mal au cœur et, avant que les robinets n'expectorent un troisième crachat de... elle-ne-savait-quoi, elle les saisit à deux mains et les ferma. Elle sentit les tuyauteries gronder, puis les vibrations cessèrent. Le reste du liquide fut ravalé dans le réseau de canalisations.

Toutefois ce n'était pas fini. Le fond de la baignoire était tapissé du liquide rougeâtre. Celui-ci s'écoulait avec réticence vers la vidange, qui l'absorbait goulûment. Isabel l'examina plus attentivement. Devenait-elle folle ou y avait-il réellement quelque chose *à l'intérieur* du trou de vidange ? Elle était certaine d'avoir mis la bonde en place, pourtant celle-ci était seulement à moitié sur le trou et l'on pouvait voir en dessous.

Il y avait quelque chose. C'était une sorte de balle blanche, qui tournait lentement, qui se rétractait sur elle-même, qui luisait, humide et vivante. Et qui montait. Qui arrivait à la surface...

Isabel poussa un cri. En même temps, elle se pencha et coinça la bonde dans le trou. Ses doigts entrèrent en contact avec le liquide rouge et elle recula en le palpant. Il était chaud et collant sur sa peau.

Cette fois c'en était trop. Elle battit en retraite, attrapa une serviette, et se frictionna la main si fort qu'elle en eut mal. Après quoi, elle ouvrit brutalement la porte de la salle de bains et dévala l'escalier en courant.

Ses parents regardaient encore la télévision.

— Que t'arrive-t-il ? s'étonna Jeremy.

Isabel expliqua ce qui s'était passé. Les mots s'entrechoquaient dans leur hâte de sortir, mais son père ne l'écoutait pas.

— Il y a toujours un peu de rouille dans les tuyauteries, quand on pose une baignoire. Laisse couler l'eau pendant quelques minutes.

— Ce n'était pas de la rouille, papa.

— Peut-être est-ce la chaudière qui fait des siennes ? marmonna Susan.

— Ce n'est pas la chaudière, se renfrogna Jeremy.

Il l'avait achetée d'occasion et c'était toujours un motif de discorde, surtout quand elle tombait en panne.

— C'était horrible, insista Isabel. C'était comme... comme...

Comme quoi ? Isabel l'avait deviné tout de suite, évidemment.

— C'était comme du sang. Exactement comme du sang. Et puis il y avait autre chose. À l'intérieur du siphon.

— Oh, pour l'amour du Ciel ! s'emporta Jeremy, agacé de ne pouvoir suivre son émission.

— Bon, je monte avec toi, décida Susan, en poussant de côté une pile de journaux du dimanche sur le canapé.

Susan lisait les journaux du dimanche le lundi soir. Elle se leva.

— Où est la télécommande ? grommela Jeremy.

Il la dénicha dans le coin de son fauteuil et augmenta le volume sonore.

Isabel et sa mère montèrent à la salle de bains. La serviette de toilette chiffonnée était à terre, là où elle l'avait jetée. Une serviette blanche. Sans la moindre trace rouge. Pourtant elle s'était essuyé les mains dessus.

— Que d'histoires pour trois gouttes de rouille ! s'exclama Susan en se penchant au-dessus de la baignoire.

Isabel approcha pour jeter un coup d'œil. Susan avait raison. Il y avait à peine quelques traces rougeâtres dans la petite flaque d'eau.

— Tu sais bien que de la rouille apparaît toujours dans les tuyauteries, poursuivit sa mère. Je suis sûre que le problème vient de la stupide chaudière de ton père.

Elle ôta la bonde et ajouta :

— Il n'y a rien non plus dans le trou !

Enfin elle actionna les robinets et une eau normale, limpide, coula en un torrent rassurant. Pas de grondements. Pas de hoquets. Rien.

— Et voilà, conclut Susan. Ça s'est arrangé tout seul.

Isabel s'appuyait contre le lavabo, l'air misérable. Sa mère soupira.

— Tu as tout inventé, n'est-ce pas ?

Mais sa voix était affectueuse, pas du tout irritée.

— Non, maman.

— Ça me paraît bien compliqué comme prétexte pour éviter un bain.

— Mais non !

— Peu importe. Lave-toi les dents et va te coucher, dit Susan en l'embrassant. Bonne nuit, chérie. Dors bien.

Mais Isabel ne ferma pas l'œil de la nuit.

Le lendemain soir aussi elle se passa de bain. Jeremy Martin assistait à une réunion d'enseignants, et Susan s'exerçait à une nouvelle recette en vue du dîner prévu le week-end suivant. Elle passa toute la soirée enfermée dans la cuisine.

Isabel ne prit pas de bain non plus le mercredi. Cela faisait trois jours d'affilée et elle commençait à se sentir mal à l'aise. Elle aimait être propre. C'était dans sa nature et elle avait beau se laver avec un gant devant le lavabo, ce n'était pas pareil. Et ça ne l'aidait en rien de savoir que son père avait utilisé la baignoire le mardi, et sa mère le mardi et le mercredi, sans que rien d'anormal se produise. Au contraire, elle se sentait plus honteuse... et plus sale.

Le jeudi matin, quelqu'un lui lança une boutade – vague allusion à des œufs pourris – qui la fit rougir d'humiliation. Cette fois, décida-t-elle, cela suffisait. Finalement de quoi avait-elle peur ? Une giclée de rouille que son imagination avait transformée en... autre chose. Ce soir-là, Susan était à son cours d'italien. Isabel et son père s'attablèrent donc tous les deux devant les gâteaux de crabe ratés (ils étaient tombés en miettes) de la fameuse recette.

À neuf heures, ils se séparèrent pour vaquer à leurs occupations respectives : Jeremy au salon devant le journal télévisé, Isabel au premier étage.

— Bonne nuit, papa.

— Bonne nuit, chérie.

Ils avaient passé une soirée agréable et complice.

Maintenant, c'était l'heure du bain. La baignoire attendait Isabel. Cette fois, elle ne recula pas. Elle avait décidé qu'en se montrant autoritaire et déterminée, rien ne se produirait. Elle ne voulait plus laisser son imagination lui jouer de mauvais tours. Donc, sans même réfléchir, elle mit la bonde dans le trou de vidange, ouvrit les robinets, et versa une bonne dose de bain moussant parfumé à l'avocat. Ensuite elle se déshabilla (opération rassurante qui lui masqua la baignoire un moment), et c'est seulement une fois nue qu'elle se retourna. Tout allait bien. Elle voyait juste l'eau, vert pâle, sous une épaisse couche de mousse. Elle y plongea la main pour tester la température. Parfait : assez chaude pour embuer le miroir, mais pas trop. Elle arrêta l'eau. Les robinets hoquetèrent bruyamment, comme le premier jour, et Isabel alla fermer la porte.

Pourtant elle hésitait encore. Elle avait subitement conscience de sa nudité. Comme si la pièce était bondée de gens. Elle frissonna.

« Tu es ridicule », se dit-elle.

Mais la question demeura en suspension dans l'air, avec la vapeur. C'était comme une énigme, inquiétante et pas drôle du tout.

Quand est-on le plus vulnérable ?

Quand on est nu, enfermé, allongé...

... dans la baignoire.

— Ridicule.

Cette fois elle prononça le mot à voix haute. Et,

d'un mouvement rapide et décidé, elle entra dans le bain.

La baignoire lui avait tendu un piège, mais elle ne s'en aperçut que trop tard.

L'eau n'était pas chaude. Pas même tiède. Et pourtant Isabel venait de tester la température. Elle avait vu la buée. Malgré cela l'eau était horriblement froide. Aussi glaciale que si elle avait brisé la glace d'un étang gelé en plein hiver. Alors qu'elle s'y enfonçait sans pouvoir se retenir, l'eau se referma sur ses jambes, son ventre et sa gorge comme un étau, et lui coupa le souffle. Son cœur sembla s'arrêter. Le froid la brûlait, pénétrait en elle. Isabel ouvrit la bouche et cria aussi fort qu'elle le put. Mais son cri n'était qu'un gémissement étranglé.

Elle se sentit entraînée sous l'eau. Sa nuque heurta le bord de la baignoire et glissa. Ses cheveux longs flottaient autour d'elle. La mousse lui recouvrit la bouche, puis le nez. Elle essaya de bouger mais ses bras et ses jambes refusèrent d'obéir aux signaux qu'elle leur envoyait. Ses os étaient pétrifiés. La salle de bains parut s'obscurcir.

Dans un ultime sursaut, Isabel pivota sur elle-même, se redressa et se propulsa hors de la baignoire dans une explosion d'éclaboussures. Elle était là, sur le sol couvert de mousse, sanglotant et frissonnant, la peau complètement blanche. Elle tendit la main pour saisir le coin d'une serviette et la tira sur elle. L'eau qui ruisselait de son corps disparut entre les lattes du plancher.

Isabel resta allongée un long moment. Elle avait eu une peur... mortelle. Or, ce n'était pas seulement le changement de température qui avait provoqué sa peur. Ce n'était pas seulement la baignoire, si laide et menaçante fût-elle. Non. C'était le son qu'elle avait entendu en faisant son saut de carpe. Tout près de son oreille. Dans la salle de bains. Alors qu'elle s'y trouvait seule.

Quelqu'un avait ri.

— Tu ne me crois pas ?

Isabel attendait à l'arrêt d'autobus avec Belinda Price. Cette grosse et fidèle Belinda, toujours là quand on avait besoin d'elle. Sa meilleure amie. Une semaine s'était écoulée et les événements de la salle de bains l'obsédaient chaque jour davantage. Pourtant elle avait gardé le silence. Pourquoi ? De crainte qu'on ne se moque d'elle ? qu'on ne la croie pas ? Tout simplement parce qu'elle avait peur. Au cours de cette semaine, elle n'avait rien fait, ni à l'école ni à la maison. Elle avait été réprimandée deux fois en classe. Ses vêtements étaient mal tenus, ses cheveux mal coiffés, ses yeux cernés par le manque de sommeil. Mais son secret l'étouffait. Il fallait qu'elle se confie à Belinda.

Celle-ci haussa les épaules et murmura :

— J'ai entendu parler de maisons hantées. De châteaux hantés. Et même d'une voiture hantée. Mais jamais d'une baignoire.

— Pourtant ça s'est produit. Exactement comme je te l'ai raconté.

— Peut-être que tu crois que ça s'est produit. Quand on croit quelque chose suffisamment fort, parfois ça arrive...

— Je n'ai rien imaginé, l'interrompit Isabel.

Le bus s'arrêta et les deux filles montèrent. Elles présentèrent leur carte mensuelle au conducteur et gagnèrent leurs places habituelles au niveau supérieur, dans le fond. Elles occupaient toujours les mêmes sièges, sans savoir pourquoi.

— Tu ne peux pas continuer de venir chez moi, reprit Belinda. Je suis désolée, Isa, mais maman commence à me poser des questions.

— Je sais, soupira Isabel.

Elle s'était débrouillée pour dormir chez Belinda trois soirs de suite, et s'y doucher, heureuse de sentir l'eau chaude et vive couler sur son corps. Elle avait prétexté auprès de ses parents que Belinda et elle travaillaient sur un exposé commun. Mais Belinda avait raison. Cela ne pouvait continuer éternellement.

Au feu tricolore, le bus tourna à droite sur l'avenue. Belinda réfléchissait, les sourcils froncés. Tous les professeurs la disaient intelligente, pas seulement parce qu'elle travaillait dur, mais parce qu'elle l'était réellement.

— Tu assures que c'est une baignoire ancienne, reprit-elle enfin.

— Oui, et alors ?

— Tu sais où tes parents l'ont achetée ?

Isabel fit un effort de mémoire et répondit :

— Oui. Je n'étais pas avec eux mais je sais que ça vient de Fulham. Je les ai déjà accompagnés là-bas.

— Pourquoi n'irais-tu pas te renseigner ? Si ta baignoire est hantée, il doit bien y avoir une raison. Il y a toujours une raison, non ?

— Tu penses que... quelqu'un aurait pu mourir dedans ou quelque chose de ce genre ?

Isabel frissonna à cette idée.

— Oui, par exemple, répliqua Belinda. Ma grand-mère a eu une crise cardiaque dans sa baignoire. Elle n'en est pas morte mais...

— Tu as raison !

Le bus grimpait la colline. Muswell Hill approchait. Isabel rassembla ses idées.

— Je pourrais y aller samedi. Tu m'accompagneras ?

— Mes parents refuseront.

— Dis-leur que tu viens chez moi. Je raconterai aux miens que je suis chez toi.

— Et s'ils vérifient ?

— Ils ne vérifient jamais.

Cette pensée attrista Isabel. Ses parents ne se demandaient jamais où elle était, ne paraissaient jamais s'en soucier. Ils étaient trop préoccupés d'eux-mêmes.

— Je ne sais pas...

— Je t'en prie, Belinda. Samedi. Je t'appellerai.

Ce soir-là, la baignoire lui joua son plus mauvais tour.

Isabel s'était refusée à prendre un bain. Pendant le dîner, elle avait préparé le terrain en expliquant à ses parents qu'elle se sentait très fatiguée et voulait se coucher de bonne heure. Eux aussi étaient fatigués. L'atmosphère à table était tendue et Isabel se demanda combien de temps encore la famille resterait unie. Divorce. Quel horrible mot ! Comme une maladie. Isabel avait des camarades qui s'étaient absentés de l'école une semaine ou plus. À leur retour, ils étaient pâles et malheureux, et n'avaient plus jamais été les mêmes. Ils avaient attrapé la maladie... le divorce.

— Monte, jeune fille !

La voix de sa mère l'arracha à ses pensées.

— Je crois que tu ferais bien de prendre un bain...

— Pas ce soir, maman.

— Si, ce soir. C'est à peine si tu as utilisé la bai-

gnoire depuis qu'elle est installée. Que t'arrive-t-il ?
Tu ne l'aimes pas ?

— Non. Je ne...

Son père fronça les sourcils, agacé et boudeur.

— Que lui reproches-tu à cette baignoire ?

Sa mère intervint avant qu'elle ait pu répondre.

— Peu importe ce que tu lui reproches. C'est la
seule baignoire que nous avons, donc tu ferais bien
de t'y habituer.

— Non !

Ses parents se regardèrent, interloqués. Isabel
s'aperçut que jamais elle ne les avait défiés. Du
moins pas de cette façon. Ils étaient abasourdis. Sa
mère se ressaisit la première.

— Viens, Isabel. J'en ai assez de ces sottises. Je
t'accompagne.

Elles montèrent ensemble, Susan arborant cet air
pincé qui ne tolérait aucune contestation. Mais Isabel ne cherchait pas à contester. Si sa mère faisait
couler le bain, elle s'apercevrait elle-même de ce qui
se passait.

— Bon, dit Susan en mettant la bonde et en
ouvrant les robinets, d'où jaillit une eau claire et limpide. Je ne te comprends vraiment pas, Isabel. Tu
as peut-être veillé trop tard, ces derniers jours. Je
croyais qu'il n'y avait que les petits enfants qui n'aimaient pas se laver. Voilà !

La baignoire était pleine. Susan testa la température de l'eau et l'agita du bout des doigts.

— Bien. Ce n'est pas trop chaud. À présent, entre là-dedans.

— Maman...

— Tu n'es tout de même pas timide avec moi ! Oh, Seigneur...

Furieuse et humiliée, Isabel se déshabilla devant sa mère et laissa tomber ses vêtements en tas sur le sol. Susan les ramassa sans un mot. Isabel passa une jambe par-dessus le bord de la baignoire et trempa le bout de ses orteils dans l'eau. C'était chaud, mais pas brûlant. En tout cas ce n'était pas glacé.

— Ça va ? demanda sa mère.

— Oui, maman...

Isabel entra dans la baignoire. L'eau monta avidement pour l'accueillir. Elle sentit le cercle parfait autour de son cou. Susan demeura là un moment, les vêtements d'Isabel dans les bras.

— Je peux te laisser, maintenant ?

— Oui.

Isabel ne voulait pas rester seule dans la salle de bains mais la présence de sa mère debout devant elle la mettait mal à l'aise.

— C'est bien, dit Susan en s'adoucissant. Je viendrai te souhaiter bonne nuit. Ces vêtements ont besoin d'un bon lavage, eux aussi, ajouta-t-elle en fronçant le nez.

Et elle sortit.

Une fois seule, Isabel s'efforça de se relaxer dans l'eau chaude. Mais un nœud lui serrait l'estomac et son corps était tout rigide, comme s'il se contractait au contact de la baignoire. Elle entendit sa mère descendre l'escalier. La porte de la buanderie s'ouvrit. Isabel tourna légèrement la tête et aperçut son reflet dans le miroir. Cette fois elle cria vraiment.

Et cria encore.

Dans la baignoire, tout était normal. Exactement comme lorsque sa mère était partie. L'eau était claire, sa peau légèrement rosie par la chaleur. De la vapeur. Mais dans le miroir... dans le reflet du miroir...

La salle de bains était un abattoir. L'eau du bain était pourpre et Isabel y était plongée jusqu'au cou. Sa main — celle qui était réfléchie dans le miroir — émergea de l'eau et le liquide rouge s'y accrocha, dégoulinant lentement, aspergeant le bord de la baignoire où il sembla également s'accrocher. Isabel tenta de se soulever mais elle glissa et retomba, l'eau par-dessus le menton. L'eau lui toucha les lèvres et elle cria de nouveau, certaine d'être bientôt aspirée et de mourir engloutie. Elle arracha son regard du miroir. Maintenant elle voyait simplement de l'eau. Dans le miroir...

Du sang.

Isabel en était recouverte, elle y baignait. Et il y

avait quelqu'un d'autre dans la pièce. Non, pas dans la pièce. Dans le reflet de la pièce. Un homme, grand, âgé d'une quarantaine d'années, vêtu d'une sorte de costume, le visage gris, une moustache, des petits yeux ronds.

— Partez ! cria Isabel. Partez ! Partez !

Lorsque sa mère la découvrit, recroquevillée sur le sol dans une large flaque d'eau, nue et tremblante, Isabel ne chercha pas d'explications. Elle ne dit pas un mot. Elle se laissa porter dans son lit et se cacha comme un tout petit enfant sous les couvertures.

Pour la première fois, Susan Martin s'inquiéta réellement. Cette nuit-là, elle s'assit avec Jeremy et ensemble ils parlèrent de leur fille, de son comportement, du besoin possible d'une thérapie, et cette conversation les rendit plus proches qu'ils ne l'avaient été depuis bien longtemps. Mais ils ne parlèrent pas de la baignoire. Pourquoi l'auraient-ils fait ? En entrant dans la salle de bains, Susan n'avait rien noté d'anormal dans l'eau, ni dans le miroir, ni dans la baignoire.

Susan et Jeremy étaient d'accord. C'était Isabel qui ne tournait pas rond. Cela n'avait aucun rapport avec la baignoire.

Le bric-à-brac se trouvait sur Fulham Road, à quelques minutes à pied de la station de métro. De l'extérieur, la bâtisse ressemblait à un hôtel particulier qui aurait appartenu à une riche famille un siècle plus tôt : de hautes portes imposantes, des fenêtres aux volets fermés, des piliers en pierre blanche, et des fragments de statues sur le trottoir. Mais, au fil des années, la maison avait décliné. Le plâtre s'effritait, des herbes poussaient entre les briques. Les fenêtres étaient noircies par la crasse de la ville et les émanations des pots d'échappement.

À l'intérieur, les pièces étaient petites, sombres, surchargées de meubles. Isabel et Belinda traversèrent une pièce encombrée de quatorze cheminées, une autre avec une demi-douzaine de tables de salle à manger et une multitude de chaises vides. Si elles n'avaient su que tous ces objets étaient à vendre, elles auraient pu imaginer qu'un riche excentrique habitait là. Car cela ressemblait davantage à une maison qu'à un magasin. Les deux filles baissèrent instinctivement la voix.

Elles finirent par trouver un vendeur dans une cour, derrière la maison. C'était une cour vaste et ouverte, remplie de baignoires et de lavabos, de statues, de fontaines en pierre, de portails et de grilles en fer forgé, tout cela entouré d'une enfilade d'arcades en ciment qui donnaient l'impression qu'on était à Rome ou à Venise plutôt que dans un quartier miteux de Londres. Le vendeur était un jeune homme affligé d'un strabisme et d'un nez cassé. Il portait une gargouille dans ses bras. Isabel ne savait lequel, de lui ou de la gargouille, était le plus laid.

— Une baignoire de style victorien ? marmonna-t-il en réponse à la question d'Isabel. Je ne crois pas pouvoir vous aider. Nous vendons des tas de baignoires anciennes.

— Elle est grande et blanche, précisa Isabel. Avec de petits pieds et des robinets dorés...

Le vendeur posa la gargouille, qui rendit un bruit sourd en heurtant le pavé.

— Tu as le reçu ? s'enquit le jeune homme.

— Non.

— Quel est le nom de tes parents ?

— Martin. Jeremy et Susan Martin.

— Ça ne me dit rien...

— Ils se chamaillent beaucoup. Ils se sont probablement disputés au sujet du prix.

Un lent sourire se dessina sur le visage du vendeur. À la façon dont son visage se tordit, le sourire était bizarrement menaçant.

— Oui, je me rappelle, maintenant. La baignoire a été livrée dans le nord de Londres.

— À Muswell Hill, acquiesça Isabel.

— C'est ça.

Le sourire s'étira à ses pommettes et il ajouta :

— Je me souviens très bien d'eux. Ils ont pris la baignoire Marlin.

— Qu'est-ce que c'est, la baignoire Marlin ?

demanda Belinda, saisie d'un mauvais pressenti-
ment.

Le vendeur gloussa. Il sortit de sa poche un
paquet de cigarettes et en alluma une. Un moment
qui leur parut interminable s'écoula avant qu'il ne
réponde.

— Jacob Marlin. La baignoire lui appartenait. Je
ne crois pas que vous ayez entendu parler de lui.

— Non, admit Isabel, impatiente qu'il en vienne
au fait.

— Il a connu son heure de gloire, continua le
vendeur en soufflant un nuage de fumée gris
argenté. Avant d'être pendu.

— Pourquoi a-t-il été pendu ?

— Pour meurtre. C'était un de ces assassins...
Comment les appelle-t-on, déjà ? Un assassin en
série. Un adepte de la hache...

Le vendeur souriait d'une oreille à l'autre, visiblement ravi.

— Marlin avait pour habitude d'emmener des
jeunes femmes. Un peu à la manière de Jack l'Éven-
treur. Vous voyez ce que je veux dire ? Après quoi,
il se débarrassait d'elles...

— Il les tuait ? murmura Belinda.

— Exactement. Il les tuait, et ensuite il les décou-
pait à la hache. Dans la baignoire.

Le vendeur téta sa cigarette avant de poursuivre :

— Attention, je ne dis pas qu'il s'agissait de cette

baignoire-là. Mais elle venait de sa maison. C'est pourquoi elle était si bon marché. Je crois même qu'on l'aurait vendue moins cher encore si tes parents avaient été au courant...

Isabel tourna les talons et quitta le magasin en courant. Belinda la suivit. Tout à coup les lieux lui paraissaient horribles et sinistres, comme si chaque objet exposé avait une histoire atroce. Elles ne s'arrêtèrent qu'une fois arrivées dans le bruit et l'animation de la rue.

— C'est affreux ! hoqueta Belinda. Il coupait les femmes en morceaux dans la baignoire et toi tu...

Elle ne put achever sa phrase.

— Je regrette d'être venue, répondit Isabel, au bord des larmes. Je voudrais qu'ils n'aient jamais acheté ce vieux truc immonde.

— Si tu leur expliquais...

— Ils ne voudront pas m'écouter. Ils ne m'écoutent jamais.

— Que vas-tu faire ?

Isabel réfléchit un instant. Des gens passaient sur le trottoir. Des vendeurs de quatre-saisons ambulants vantaient leur marchandise. Deux policiers s'arrêtèrent brièvement pour examiner des pommes. C'était un monde totalement différent de celui qu'elles venaient de quitter.

— Je vais la détruire, répondit enfin Isabel. C'est

la seule solution. Je vais la casser en morceaux. Et peu importe comment mes parents réagiront.

Isabel choisit une clé anglaise dans la boîte à outils de son père. La clé était grande et pourrait servir à la fois pour dévisser et casser. Ni Jeremy ni Susan n'étaient à la maison. Ils croyaient Isabel chez Belinda. Tant mieux. À leur retour, tout serait terminé.

Il y avait quelque chose de réconfortant dans le contact de l'acier froid de la clé et de son poids dans le creux de sa main. Isabel monta lentement l'escalier, imaginant déjà ce qu'elle devait faire. La clé anglaise serait-elle assez solide pour fendre la baignoire ? ou la défigurer suffisamment pour que Jeremy et Susan décident de s'en séparer ? Cassée ou abîmée, seul le résultat comptait. Isabel savait qu'elle avait pris la bonne décision. C'était tout ce qui importait.

La porte de la salle de bains était ouverte. Or, elle était certaine de l'avoir aperçue fermée quelques minutes plus tôt. Mais cela non plus n'avait pas d'importance. Armée de la clé anglaise, Isabel pénétra dans la salle de bains.

La baignoire *l'attendait*.

Elle était remplie d'eau chaude à ras bord. D'eau bouillante, même, à en juger par l'épaisseur de la vapeur qui s'en dégageait. Le miroir était totalement embué. Un filet d'air frais apporté par la porte ouverte effleura la surface de la glace et la buée se mua en fines gouttelettes. Isabel brandit la clé, esquissant un sourire un peu cruel. La seule chose dont était incapable la baignoire, c'était de bouger. Le monstre pouvait lui jouer des tours et l'effrayer, mais il lui faudrait subir ce qu'Isabel lui réservait.

Elle souleva la chaînette de la bonde du bout de la clé anglaise.

Mais la baignoire ne se vida pas. Au contraire, une matière épaisse et rouge sortit du trou de vidange et remonta à la surface.

Du sang.

Et, avec le sang, des asticots. Des centaines d'asticots, qui se faufilaient par le trou en se tortillant et se répandaient follement dans la baignoire. Horrifiée, Isabel leva la clé. L'eau additionnée de sang commençait à déborder de la baignoire et se déversait sur le sol. Isabel abattit son bras et son corps tout entier vibra sous le choc de l'outil contre les robinets. Le *f* de « Eau froide » vola et le robinet se tordit.

Isabel brandit à nouveau son arme. Au même instant, elle en aperçut le reflet dans le miroir. L'image réfléchie était voilée par la buée mais, derrière, elle parvint à distinguer une silhouette que pour rien au monde elle ne souhaitait voir dans la salle de bains. L'homme avançait vers elle comme s'il marchait dans un long couloir, en direction de la paroi de verre qui en obstruait l'extrémité.

Jacob Marlin.

Elle sentit son regard brûlant dans le sien, et se demanda ce qu'il ferait lorsqu'il atteindrait le miroir, qui semblait former une barrière entre son monde et le sien.

La clé frappa à nouveau. Encore et encore. Le robinet oscilla, puis céda au deuxième impact. L'eau gicla dans un mouvement d'agonie. Isabel porta ensuite son attention sur la baignoire elle-même, et assena un coup violent contre son flanc. La clé fit d'abord sauter l'émail, puis mordit le métal. Un nouveau coup d'œil par-dessus son épaule lui apprit que Jacob Marlin approchait, se frayait un chemin dans la buée. Elle vit ses dents, décolorées et pointues, ses gencives à nu comme s'il retroussait les lèvres dans un rictus haineux. Isabel frappa encore, et s'aperçut avec incrédulité que le flanc de la baignoire s'était fendu comme une coquille d'œuf. L'eau rouge déferlait sur ses pieds et ses jambes. Les asticots tournoyaient dans une danse folle sur le sol de la salle de bains, glissant entre les lattes du plancher et gigotant désespérément. Où était Marlin ? Pourrait-il franchir le miroir ? Isabel brandit la clé une dernière fois et poussa un hurlement. Deux mains d'homme venaient de s'abattre sur ses épaules. La clé anglaise lui échappa et tomba dans la baignoire, vite engloutie par l'eau trouble. Les mains montèrent vers sa gorge, la tirèrent en arrière. Isabel hurla et se débattit violemment, cherchant de ses ongles les yeux de son assaillant.

Elle eut tout juste le temps de s'apercevoir que ce n'était pas Marlin qui l'empoignait, mais son père. Sa mère se tenait sur le seuil, les yeux agrandis par l'effroi. Isabel sentit ses forces s'écouler d'elle comme l'eau de la baignoire. L'eau qui, bien entendu, était redevenue limpide. Et les asticots avaient disparu. D'ailleurs avaient-ils jamais été là ? Quelle importance ? Isabel se mit à rire.

Elle riait encore, une demi-heure plus tard, quand la sirène de l'ambulance envahit la pièce.

Ce n'était pas juste.

Allongé dans la baignoire, Jeremy Martin songeait aux événements des six dernières semaines. Il était difficile de ne pas y songer quand on voyait les dégâts commis par sa fille avec la clé anglaise. Les robinets étaient presque irréparables. Ils fuyaient perpétuellement et la lettre *f* avait disparu à jamais. « Eau 'roide ».

Jeremy avait vu Isabel quelques jours plus tôt et elle lui avait semblé aller beaucoup mieux. Cependant elle ne disait toujours pas un mot et les médecins affirmaient que cela prendrait du temps. Personne ne comprenait pourquoi elle s'en était prise à la baignoire. Sauf peut-être son amie Belinda, qui était trop effrayée pour répondre aux questions. Selon les experts, il s'agissait d'une crise provoquée par le stress. Un trouble psychique causé par une trop forte tension nerveuse. Les experts avaient évidemment des noms savants pour désigner cela. En fait, ils voulaient expliquer que la responsabilité incombait aux parents d'Isabel. Ils se disputaient, l'ambiance familiale était oppressante. Isabel n'avait pu le supporter et en avait conçu une sorte de fantasme obsessionnel lié à la baignoire.

En d'autres termes, tout était de la faute de Jeremy.

Mais l'était-ce vraiment ? Plongé dans l'eau chaude et douce dont les effluves de pin lui caressaient les narines, Jeremy Martin réfléchissait intensément. Ce n'était pas lui qui déclenchait les querelles. C'était toujours Susan. Depuis le jour de leur mariage, elle cherchait à... le changer. Elle ne cessait de le critiquer. C'était comme ce surnom ridicule dont on l'avait affublé à l'école. Souris. Personne ne le prenait jamais au sérieux. Susan ne le prenait pas au sérieux. Eh bien, il lui montrerait de quoi il était capable !

Enveloppé de vapeur, Jeremy eut l'impression de flotter et de s'éloigner. C'était une sensation merveilleuse. Il commencerait par Susan. Viendraient ensuite deux ou trois garçons de sa classe de français. Et, bien sûr, le principal du collège.

Jeremy savait exactement comment il allait procéder. Il avait vu l'instrument le matin même, dans une brocante de Hampstead. Époque victorienne, sans aucun doute. Lourde, avec un manche en bois lustré, et une lame épaisse et tranchante comme un rasoir.

Oui. Il irait l'acheter dès le lendemain matin. C'était exactement ce qu'il lui fallait. Une bonne hache...

3

Transport éclair

Mon histoire commence avec la mort d'un homme que je n'ai jamais rencontré. Il s'appelait Ethan Sly et il était chroniqueur hippique au *Ipswich News*. Sa rubrique s'intitulait « L'Œil du Malin ». Il était du genre « trente-par-jour » – pour ce qui est des cigarettes, j'entends. Quand il ne fumait pas, il mangeait, et quand il ne mangeait pas, il buvait.

Si bien que personne n'a été étonné d'apprendre qu'il avait succombé à une crise cardiaque, à l'âge vénérable de quarante-deux ans. En vérité, personne ne s'en est aperçu pendant deux heures. Il travaillait à son bureau, tapant ses tuyaux pour la course du Grand Prix, quand ce pauvre organe surmené qu'était son cœur a décidé que trop, c'était trop. Le médecin a dit que l'infarctus avait été trop rapide pour qu'il ressente la moindre douleur. Ce devait être vrai car, quand on l'a découvert, il paraît qu'Ethan avait l'air surpris.

Je connais tous ces détails parce que mon père travaille dans le même journal. Ce qui m'a d'ailleurs toujours un peu embarrassé. Figurez-vous qu'il tient la chronique gastronomique. Pourquoi la cuisine ? Pourquoi pas le football ou les crimes ? Ou même la météo ? Je sais que je suis sans doute sexiste et que les cuisiniers les plus célèbres sont des hommes. Mon père me l'a répété une bonne centaine de fois. Mais quand même...

Quoi qu'il en soit, il se trouvait là quand on a débarrassé le bureau d'Ethan et c'est la raison pour laquelle j'ai hérité de son ordinateur. Tous mes ennuis ont commencé à ce moment.

Le lendemain des obsèques d'Ethan, papa est rentré à la maison avec un grand carton. L'espace d'une seconde, j'ai cru que c'était un petit chat ou un chiot. Il avait une façon presque affectueuse de tenir le paquet entre ses bras et de le poser sur la table de la cuisine.

— Voilà pour toi, Henry.

— Qu'est-ce que c'est ? a demandé Claire.

Claire est ma petite sœur. Elle a neuf ans et une

passion pour les poupées Barbie. Nous ne nous entendons pas très bien.

— C'est pour Henry, a répété mon père. Tu as toujours dit que tu voulais être écrivain. Eh bien, ceci devrait t'aider à débuter !

J'avais en effet déclaré – une fois – que je voulais devenir écrivain. Je venais d'apprendre combien gagnait un auteur à succès... Depuis, ça me collait à la peau. Quand papa me présentait à quelqu'un, il expliquait toujours que je voulais écrire. Les parents sont comme ça. Ils aiment les étiquettes.

J'ai ouvert le carton.

L'ordinateur était vieux et démodé. Cela se voyait à la teinte grisâtre qu'avait prise le plastique blanc. Les touches étaient si encrassées qu'on distinguait à peine certaines lettres, et le chapeau du bouton d'effacement « Del » avait sauté, ne laissant à la place qu'un petit ressort en métal. Des ronds brunâtres et poisseux tachaient le dessus de l'appareil, là où le précédent propriétaire avait posé ses tasses de café pendant qu'il travaillait. Le micro possédait un écran couleurs et un processeur Pentium, mais pas d'accélérateur 3D... ce qui fait que je pouvais dire adieu à tous les meilleurs jeux.

— Qu'est-ce que c'est que ça ?

Maman venait d'entrer dans la cuisine et contemplait la machine d'un air consterné. Nous habitons une maison moderne, dans un lotissement situé juste

à la sortie d'Ipswich. Maman y fait régner une pro-
preté impeccable. Elle travaille à mi-temps dans un
magasin de chaussures et à plein temps comme mère
et maîtresse de maison. Elle ne s'assoit jamais. Bien
entendu elle laisse la cuisine à son mari.

— C'est un ordinateur, ai-je répondu. Papa me
l'a donné.

— D'où vient-il ? a-t-elle ronchonné en fronçant
les sourcils. Il a besoin d'un bon coup de chiffon.

— Et moi, qu'est-ce que tu m'as rapporté ? a
couiné Claire.

— C'est pour Henry, a répété une nouvelle fois
papa sans lui prêter attention. Pour l'aider à écrire.
On a débarrassé le bureau de ce pauvre Ethan, ce
matin, et certaines de ses affaires ont été distribuées.
J'ai eu l'ordinateur.

— Merci, papa, ai-je dit sans conviction. Est-ce
qu'il fonctionne ?

— Évidemment, il fonctionne. Ethan s'en servait
le matin même où...

Il a haussé les épaules et s'est tu.

J'ai monté l'ordinateur dans ma chambre et
dégagé un espace sur le bureau, mais je ne l'ai pas
allumé et je vais vous expliquer pourquoi. C'était
gentil à papa de penser à moi et je sais qu'il croyait
bien faire, mais je n'aimais pas cet ordinateur. Il était
vieux et moche, avec ses câbles gris entortillés et ses
prises massives. J'avais eu beau le coller dans le coin

du bureau, il paraissait envahir la pièce. Je ne sais pas si vous voyez ce que je veux dire. Je ne voulais pas le regarder et pourtant je n'arrivais pas à en détacher mes yeux. Et puis j'avais la désagréable impression que l'écran vide et vert sombre... me regardait.

J'ai dîné tôt. J'ai fait mes devoirs. J'ai papoté au téléphone avec Léo, mon meilleur ami. J'ai joué au ballon dans le jardin. Ensuite j'ai pris mon bain et je suis allé me coucher. Ça paraît idiot mais j'avais tout simplement repoussé autant que possible le moment de monter dans ma chambre. Je ne cessais de penser à Ethan Sly, qui pourrissait dans sa tombe. Quarante-huit heures plus tôt, ses doigts jaunis par la nicotine pianotaient sur le clavier qui trônait maintenant sur mon bureau. Le jouet d'un homme mort. Cette pensée me faisait froid dans le dos.

Je me suis endormi très vite. En temps ordinaire je suis ce qu'on appelle « un gros dormeur ». Cette nuit-là, pourtant, je me suis éveillé. Tout à coup mes yeux se sont ouverts et j'ai senti la fraîcheur de l'oreiller sous ma nuque. Qu'est-ce qui m'avait tiré du sommeil ? Il n'y avait aucun bruit dans la chambre sauf... une sorte de bourdonnement faible, doux, insistant, bizarre. Puis j'ai remarqué une lueur verte dans la pièce. Une lueur tout à fait inhabituelle, qui éclairait les affiches de cinéma sur les murs – pas assez forte pour permettre de lire les titres, mais suffisamment pour distinguer les images. J'ai tourné la tête et les os de ma nuque ont craqué en pivotant sur l'épine dorsale. Ma joue gauche a touché l'oreiller. J'ai regardé de l'autre côté de la chambre.

L'ordinateur fonctionnait. Voilà d'où provenait le bourdonnement. L'écran était allumé et un mot s'inscrivait en travers :

CASABLANCA

Cela n'avait aucun sens. Casablanca. Une ville du Maroc. Le titre d'un vieux film qui faisait toujours pleurer ma grand-mère. Qui avait tapé ce mot, et pourquoi ? J'étais davantage ennuyé qu'intrigué. Selon toutes probabilités, mon père était entré dans ma chambre et avait ouvert l'ordinateur pendant que je dormais. Je suppose qu'il voulait vérifier s'il fonctionnait. Mais je n'aime pas qu'on entre dans ma chambre. C'est un lieu privé et, en général, mes parents le respectent. Ça ne me dérangeait pas qu'il touche à l'ordinateur, mais j'aurais préféré qu'il me le demande.

J'étais trop fatigué pour sortir de mon lit et aller l'éteindre. J'ai préféré fermer les yeux et tourner la tête de l'autre côté pour me rendormir. Mais impossible de trouver le sommeil. C'était comme si quelqu'un m'avait jeté un seau d'eau glacée sur le corps.

Ce qui me tenait éveillé, c'est ce que mes yeux avaient vu et que je refusais de croire.

L'ordinateur n'était pas branché.

La prise gisait sur le tapis, le cordon enroulé autour, à vingt centimètres de la prise murale. Et pourtant il était allumé. J'ai additionné deux et deux et conclu que je devais rêver. C'était la seule explication. J'ai refermé les yeux et me suis endormi.

Le lendemain matin, cet incident m'était sorti de la tête. Je n'ai pas entendu mon réveil (comme d'habitude), et pour la deuxième fois de la semaine je suis arrivé en retard à l'école. Il m'a fallu faire un très gros effort pour sauter dans la salle de bains avant Claire, puis dans mes vêtements, et arriver à l'école avant la fermeture des portes. Ensuite, je me suis laissé glisser dans la routine scolaire : maths, français, histoire, sciences. Chaque cours se fondait dans le suivant sous le précoce soleil d'été. Mais, tout à coup, l'école s'est effacée et l'ordinateur a envahi toutes mes pensées.

C'était juste avant le dernier cours et je marchais dans le couloir. M. Priestman (le prof de biologie) et M. Thompson (le prof d'anglais) s'avançaient à ma rencontre. Tout le monde sait que M. Priestman est un joyeux luron. Il va au pub à l'heure du déjeuner, fume dans les toilettes depuis que c'est interdit dans la salle des professeurs, et fréquente la boutique du bookmaker[1] pendant les interclasses. Il

---

1. Bureau des paris.

arborait un large sourire et son collègue avait dû lui demander ce qui le réjouissait tant, car voici les bribes de conversation que j'ai pu saisir :

— Cent cinquante livres, disait Priestman.

— Avec quoi ? un cheval ? a demandé M. Thompson.

— Oui, un cheval. Dans la course de quatorze heures, à Newbury. *Casablanca* a gagné à quinze contre un.

Casablanca.

Un cheval.

L'ordinateur d'Ethan Sly.

Je ne sais pas comment j'ai réussi à tenir jusqu'à la fin du cours. Dès la sortie, j'ai retrouvé mon ami Léo et je lui ai raconté toute l'histoire. Léo a quatorze ans, comme moi, et il habite dans la rue voisine de la mienne. Il a les cheveux noirs et l'air étranger, sa mère est originaire de Chypre. Il est l'élève le plus intelligent de la classe.

— Je vois, a-t-il dit, une fois mon récit terminé. Donc, si je comprends bien, le fantôme de ce journaliste hippique...

— Ethan Sly...

— ... est revenu la nuit dernière hanter ton Mac.

— Ce n'est pas un Mac. C'est un Zircon. Ou Zincom... Je ne sais plus...

— Bref, il a hanté ton ordinateur et t'a indiqué le résultat d'une course qui se déroulait aujourd'hui ?

— Oui, Léo. C'est ça. Qu'est-ce que tu en penses ?

Léo a réfléchi un instant.

— Je pense que tu as pris un coup de soleil.

Léo n'est pas aussi intelligent qu'on le croit.

Ce soir-là, j'ai fait mes devoirs à toute vitesse, englouti mon dîner, et renoncé à ma dispute habituelle avec Claire. Je suis monté dans ma chambre dès que possible, j'ai fermé la porte, et branché l'ordinateur. L'interrupteur était sur le devant. Je l'ai actionné et j'ai attendu.

L'écran s'est éclairé et une ligne de texte s'est inscrite en travers :

Zincom System. Base memory 640 K...

Le jargon habituel. Jusque-là, rien d'anormal. L'écran a clignoté et j'ai retenu mon souffle pendant l'amorce du logiciel. Un programme de traitement de texte s'est lancé tout seul et l'équivalent électronique d'une page blanche s'est affiché sur l'écran. J'ai tapé mon nom :

HENRY MARSH

Il ne s'est rien passé. J'ai tapé, pas très à l'aise :

BONJOUR, MONSIEUR SLY. ÊTES-VOUS LÀ ?

Rien. J'ai commencé à me demander si je ne me comportais pas comme un débile. Léo avait peut-être raison. J'avais peut-être rêvé. Sur l'écran, le petit curseur clignotait, attendant ma prochaine saisie. J'ai éteint l'ordinateur.

Mais il ne s'est pas éteint.

J'avais coupé l'alimentation. Tout aurait dû s'arrêter, et pourtant deux mots scintillaient sur l'écran devant mes yeux. Les lettres avaient vraiment un aspect fantomatique. Elles ne paraissaient pas projetées sur l'écran, mais plutôt suspendues derrière, dans l'obscurité :

MILLER'S BOY

Je n'y connaissais rien, mais j'aurais juré que c'était le nom d'un cheval. J'ai allongé le bras pour prendre une feuille de papier et je me suis aperçu que ma main tremblait. J'étais terrifié, mais trop fasciné pour m'en apercevoir. L'ordinateur avait déjà prédit le gagnant d'une course. Priestman avait gagné cent cinquante livres sur Casablanca. Maintenant se présentait un second cheval. Peut-être y en aurait-il d'autres ? Et si je misais moi-même de l'argent ? Je pourrais gagner des fortunes.

J'ai inscrit le nom du cheval sur le papier. Au même moment les lettres ont commencé à s'effacer sur l'écran, comme si elles savaient qu'elles ne servaient plus à rien. Puis elles ont complètement disparu.

Le lendemain, j'ai entraîné Léo à l'écart dès le premier interclasse. Il m'a écouté avec son air grave, ensuite il a secoué la tête.

— Oh, Henry...

Au ton de sa voix, j'ai deviné ce qui allait suivre, et j'ai préféré l'interrompre :

— Je ne suis pas fou et je n'invente rien. Écoute...

J'avais acheté le *Sun* sur le chemin de l'école et je l'ai ouvert à la page des courses. J'ai pointé l'index sur un nom.

« Il est là. Tu vois ? ai-je dit triomphalement. Dans la course de 16 h 40, à Chester. Numéro 5. Miller's Boy.

Léo a examiné le journal. Il ne pouvait rien objecter. C'était écrit noir sur blanc.

— La cote est de neuf contre deux, a lu Léo.

— Exact. Donc, si nous misons deux livres, il en rapporte neuf.

— S'il gagne.

— Bien sûr, il gagnera. Toute la question est là.

— Henry, je ne crois pas...

— Que dirais-tu d'aller au bureau des paris après l'école ? On peut y passer. On n'est pas obligés d'y entrer, ai-je ajouté en voyant son air sceptique. Mais ça ne coûte rien de vérifier.

— Non, a répondu Léo. Vas-y si tu veux, mais moi je n'y vais pas. C'est une mauvaise idée.

Bien entendu, il est quand même venu. Sinon pourquoi serait-il mon meilleur ami ?

Nous y sommes allés dès la sortie de l'école. Le bureau des paris se trouvait dans un quartier miteux et hostile. Le genre d'endroit avec graffitis sur les murs et détritus dans les rues. Je n'y étais passé qu'en autobus et rien, normalement, ne m'aurait donné envie de m'y arrêter. L'officine du bookmaker fait partie d'un groupe de trois boutiques, et le plus drôle est qu'on ne peut voir à travers aucune des vitrines. Sur la gauche, un magasin de vins et spiritueux, dont la vitre est protégée par un grillage. Sur la droite, un café enfumé, dont les vitres sont couvertes de graisse. Le bureau des paris n'a pas de devanture. Juste une vitre sur laquelle est peinte un champ de courses. La porte était ouverte mais un rideau de lanières en plastique empêchait les regards indiscrets.

À l'intérieur, un téléviseur braillait suffisamment fort pour nous permettre d'entendre les commentaires. Léo et moi traînions sur le trottoir en essayant de prendre l'air innocent, tandis que la course de 16 h 20 touchait à sa fin.

« ... et c'est Lucky Liz qui se détache de Maryland... à l'approche de la ligne d'arrivée... Lucky Liz, puis Maryland, puis le favori, Irish Cream... »

Pendant que j'écoutais, une pensée s'est formée dans ma tête. J'ai plongé la main dans ma poche et j'y ai trouvé exactement ce que je savais y trouver. Deux livres. Pour les gagner, j'avais tondu la pelouse, lavé la voiture, et débarrassé deux fois la table. Un travail d'esclave ! Mais je réfléchissais à ce que Léo avait expliqué. Si je misais deux livres sur Miller's Boy, j'en gagnais neuf. J'ai sorti mon argent.

Léo avait dû lire dans mes pensées.

— Range ça ! Tu as dit qu'on venait juste jeter un coup d'œil. De toute façon, tu es trop jeune pour pouvoir parier. Ils ne te laisseraient pas entrer.

C'est à cet instant qu'est apparu Bill Garrett.

Bill était un personnage célèbre de notre école. Pendant cinq ans il a terrorisé les élèves et les professeurs, frôlant l'expulsion. On lui a toujours imputé l'incendie qui a détruit le gymnase, sans rien pouvoir prouver, de même que le vol de deux cents livres dans la cagnotte destinée aux réfugiés du Kosovo. On raconte que, quand il a quitté l'école, à seize ans, sans aucune qualification, les professeurs ont fait une fête qui a duré toute la nuit. Ensuite, Bill a continué de rôder autour de l'école, extorquant l'argent de leur déjeuner aux plus jeunes. Mais il s'est vite lassé et on ne l'a plus revu pendant quelque temps.

Pourtant il était là. Il sortait du café, une cigarette aux lèvres et un regard mauvais dans les yeux. Il devait avoir dans les dix-huit ans, mais le tabac avait stoppé sa croissance. Il était maigre, tordu, et il sentait mauvais. Il avait des cheveux noirs et bouclés qui lui tombaient sur un œil comme une algue accrochée à un rocher. Léo a toussé bruyamment et commencé à s'éloigner, mais il était trop tard pour fuir.

— Qu'est-ce que vous fichez là ? nous a lancé Garrett en reconnaissant notre uniforme.

— Nous sommes perdus..., a commencé Léo.

Je l'ai coupé :

— Non, ce n'est pas vrai.

J'ai regardé Garrett droit dans les yeux, espérant qu'il ne me frapperait pas avant d'avoir entendu la fin de ma phrase.

— Nous voulons miser sur un cheval.

Ça l'a amusé. Il a souri, dévoilant une rangée de dents irrégulières et tachées par la nicotine.

— Quel cheval ?

— Miller's Boy. C'est dans la course de 16 h 40, à Chester. (Léo me faisait les gros yeux mais j'ai continué :) Je peux parier deux livres.

J'ai tendu l'argent à Garrett. Il a ricané.

— Deux livres ?

Soudain sa main a giclé et a frappé le dessous de mes doigts tendus. Les deux pièces ont volé en l'air, et il les a attrapées au vol. Je me suis mordu les lèvres, furieux contre moi-même. J'avais perdu mes deux livres, et je le savais.

Garrett a fait tinter les pièces dans sa main.

— Dommage de perdre ça sur un cheval. Tu ferais mieux de me payer une bière.

— Filons d'ici, a marmonné Léo, trop content que nous soyons encore en vie.

— Une minute, Léo. (J'étais décidé à aller jusqu'au bout.) Miller's Boy, dans la course de 16 h 40. Il va gagner. Mise l'argent, et tu auras la moitié du gain. Quatre livres cinquante chacun...

— Henry... ! a grogné Léo.

J'avais capté l'intérêt de Garrett.

— Comment peux-tu être si sûr qu'il va gagner ?

— J'ai un ami... (Je cherchais mes mots.) Il connaît bien les chevaux. C'est lui qui me l'a dit.

— Miller's Boy ?

— Je te le promets, Garrett.

J'étais inspiré. J'ai regardé ma montre. Il était 16 h 35. C'était maintenant ou jamais.

— S'il perd, je te donne ma montre.

Léo a levé les yeux au ciel.

Garrett réfléchissait. On pouvait presque lire ses pensées dans ses yeux.

— C'est bon, a-t-il dit enfin. Attends-moi là. Si tu bouges, tu le regretteras.

Il est entré à grands pas dans le bureau des paris.

Les lanières en plastique se sont refermées derrière lui. Aussitôt Léo s'est tourné vers moi.

— Viens. On file.

— Il nous rattrapera.

— On peut prendre un bus.

— Il sait où nous retrouver.

— Je me doutais qu'il ne fallait pas venir.

Plus Léo est triste, plus il est comique à regarder. Je ne savais pas si je devais rire ou pleurer.

— Que va-t-il se passer si le cheval ne gagne pas ?

— Il va gagner, Léo. Il le faut.

Les lanières de plastique se sont écartées et Garrett a surgi, tenant dans la main un ticket bleu.

— Juste à temps, a-t-il annoncé. La course va commencer.

« Ils sont partis... ! »

La voix du commentateur de la télévision se propageait jusqu'à la rue. Nous attendions tous les trois sur le trottoir. Léo et moi ne savions pas où poser nos yeux. J'avais envie de me rapprocher de la porte, mais en même temps je ne voulais pas paraître trop impatient. Alors je suis resté où j'étais. J'avais du mal à suivre le commentateur et les bribes que je parvenais à saisir ne me semblaient pas très encourageantes. Apparemment, un cheval nommé Jenny avait très vite pris la tête de la course. Borsalino était dans son sillage. Aucune mention de Miller's Boy.

Mais soudain, vers la fin, la voix du commenta-

teur s'est emballée et j'ai entendu les mots
magiques :

« Mais voici que Miller's remonte à la corde. Miller's Boy ! Il a dépassé Borsalino et se rapproche de
Jenny. Miller's Boy va-t-il réussir ? »

Quelques secondes plus tard, tout était fini. Miller's Boy avait franchi la ligne avec une tête d'avance.
Garrett m'a enveloppé d'un regard dur.

— Attends-moi ici, m'a-t-il ordonné avant de
rentrer dans le bureau des paris.

Léo a grimacé.

— Maintenant, nous allons vraiment avoir des
problèmes.

— Pourquoi ? Le cheval a gagné.

— C'est bien ça l'ennui, Henry. Attends, tu vas
voir...

Je n'ai pas eu à attendre longtemps. Garrett est
ressorti. Il souriait, mais son sourire n'avait rien
d'engageant. Imaginez un serpent souriant à un
lapin.

— Comment tu t'appelles ? m'a lancé Garrett.

— Henry Marsh.

Il a tendu la main, paume ouverte. Dedans, il y
avait trois pièces d'une livre.

— Voilà pour toi, Henry. Trois livres pour toi, et
six pour moi. C'est juste, non ?

C'était tout à fait injuste, mais je n'étais pas en

position de discuter. Garrett a allumé une cigarette et soufflé un rond de fumée bleue.

— Ton ami le tuyauteur... tu crois que je pourrais le rencontrer ?

— Il est très timide.

— Il travaille dans le milieu des courses, c'est ça ?

— Avant, oui.

Je ne mentais pas.

Garrett a posé une main sur mon épaule. Ses doigts se sont enfoncés douloureusement dans ma clavicule.

— Toi et moi avons besoin l'un de l'autre, on dirait.

Sa voix était plus amicale mais ses doigts me serraient.

— Tu as les tuyaux mais tu es trop jeune pour placer les paris...

— Je ne pense pas que j'aurai d'autres tuyaux, ai-je gémi.

— Eh bien, si jamais tu en as, préviens-moi.

— Compte sur moi, Garrett.

Sa main a lâché mon épaule et il m'a frappé le menton, assez violemment pour que les larmes me montent aux yeux.

— Je suis M. Garrett, maintenant. Je ne vais plus à l'école.

Il a tourné les talons et s'est dirigé vers le magasin d'alcools. Je suppose qu'il est allé dépenser les six livres qu'il venait de gagner.

— Partons, a marmonné Léo.

Je n'avais pas besoin qu'il insiste ! Nous avons couru et attrapé le bus pour rentrer chez nous. Je ne crois pas avoir jamais été aussi heureux de me sentir en vie.

Cette nuit-là, l'ordinateur m'a de nouveau réveillé. L'écran affichait trois mots :

TEA FOR TWO

J'ai enfoui mon visage dans l'oreiller pour ne pas le voir, mais les mots brûlaient dans ma tête. Je ne saurais expliquer ce que je ressentais. Une partie de moi était déprimée. Mais une autre partie était surexcitée. Ce qui se produisait était nouveau, étrange, fantastique. Et je pouvais encore devenir riche. Je pouvais devenir millionnaire. Milliardaire, même. Cette seule pensée suffisait à me tenir éveillé toute la nuit. Je pourrais gagner aux courses tous les jours de ma vie.

Le lendemain, je n'ai rien dit à Léo au sujet du cheval. D'ailleurs c'est à peine s'il m'a adressé la parole, et j'ai compris qu'il ne tenait pas à ce que je lui en parle. J'ai songé à me confier à maman et papa, puis j'y ai renoncé, du moins temporairement. L'ordinateur était à moi mais, si je les mettais au courant, ils me le prendraient et je n'étais pas prêt à ça. Pas encore.

Bill Garrett m'attendait à la sortie des cours. J'étais seul. Léo jouait dans la pièce de théâtre montée par l'école et il avait une répétition. J'ai commencé par ignorer délibérément Garrett et me suis dirigé vers l'arrêt du bus comme d'habitude. Mais il m'a rattrapé, et ça ne m'a pas surpris. Pour être franc, ça ne m'a pas du tout dérangé. Au contraire. Car, voyez-vous, Garrett avait raison. Il avait déclaré que j'avais besoin de lui, et c'était vrai.

Il s'est montré plutôt amical.

— Salut, Henry. Je me demandais si tu avais eu un autre tuyau.

J'ai essayé de répondre d'une voix assurée :

— Ça se pourrait.

— Ça se pourrait ?

J'ai cru qu'il allait encore me frapper, mais je me trompais.

— Combien d'argent as-tu ? ai-je questionné.

Il a fouillé dans ses poches et a sorti un billet de cinq livres et une poignée de pièces.

— Environ six livres.

À vue d'œil j'en ai compté une dizaine. Mais, comme je l'ai déjà précisé, les maths n'étaient pas le point fort de Garrett.

— Avec ça, je pourrais te faire gagner... (J'avais déjà consulté les cotes, et il m'a suffi d'un rapide calcul mental.) Cent quatre-vingt-cinq livres.

— Quoi ?

— Combien tu me donneras ?

— Sur cent quatre-vingt-cinq ? (Il a réfléchi.) Je t'en donnerai trente.

— J'en veux cent.

— Attends un peu...

Le regard mauvais a réapparu. Bien que je ne sois pas certain qu'il ait jamais disparu.

— Ça te laissera quatre-vingt-cinq livres pour toi, Garrett. Tu mets le pari, et moi je te donne le nom du cheval.

— Et s'il perd ?

— J'économiserai et je te rembourserai.

Nous nous étions un peu éloignés de l'école – ce qui était aussi bien. Être vu en compagnie de Garrett m'aurait porté tort. Il a ricané.

— Comment sais-tu que je te donnerai l'argent si le cheval gagne ?

— Si tu ne me le donnes pas, tu n'auras plus de tuyaux.

J'avais prévu mon coup. Du moins, c'est ce que je croyais. Cela prouve combien on peut se tromper.

Garrett a hoché la tête.

— D'accord, Henry. Marché conclu. Quel est le nom du cheval ?

— Tea for Two.

En le prononçant, j'ai su qu'il n'y avait plus de retour en arrière possible. J'étais dans le bain jusqu'au cou.

— Il court dans la course de 16 h 50, à Carlisle. La cote est de vingt-cinq contre un. C'est l'outsider. Tu peux mettre dix livres pour toi, et trois pour moi.

Je lui ai remis l'argent que j'avais gagné la veille.

— Tea for Two, a répété Garrett.

— Viens à l'école lundi avec l'argent, et j'aurai peut-être un autre tuyau pour toi.

Garrett m'a pincé affectueusement l'oreille. Ça me brûlait encore quand il s'est éloigné en courant pour sauter dans un bus.

Tea for Two a gagné dans un fauteuil. J'ai entendu les résultats à la radio, le soir, et je suis allé me coucher en souriant béatement. En me voyant d'aussi bonne humeur, ma mère a conclu que j'étais amoureux, et Claire m'a asticoté pendant une heure. Elle changera d'attitude quand je serai millionnaire ! Cette nuit-là, l'ordinateur est resté muet, mais ça ne m'a pas inquiété. Ethan avait peut-être pris un week-end de congé. Il reviendrait. Pour une fois j'attendais le lundi matin et l'école avec impatience. Cent livres. En les misant sur un autre cheval à vingt-cinq contre un, mes gains se chiffreraient par milliers.

Mais je n'ai pas eu à attendre le lundi matin pour revoir Garrett. Il a débarqué chez moi dès le lendemain. Avec Léo. J'ai compris tout de suite que j'étais dans la panade.

Léo avait un œil au beurre noir et saignait du nez. Ses vêtements étaient déchirés et son visage était l'image même de la douleur. Quant à Garrett, il se pavanait comme le roi en son royaume. J'avais simplement oublié à quel point il avait mauvaise réputation. Je m'en apercevais maintenant, au pire moment. Papa était au journal. Maman avait accompagné Claire à son cours de danse. J'étais seul dans la maison.

— Où est-il ? a questionné Garrett en poussant brutalement Léo devant lui.

— Qui lui ?

Mais je savais de quoi il parlait.

Garrett est entré. Je me suis demandé si j'aurais le temps de foncer sur le téléphone pour appeler la police avant qu'il me brise quelques os. C'était peu probable. Il a claqué la porte derrière lui.

— Je suis désolé, Henry..., a commencé Léo.

— Je me doutais que c'était un truc spécial, a coupé Garrett. Personne ne peut prédire les chevaux gagnants. Pas deux fois de suite. Pas à coup sûr. Donc il devait y avoir une astuce.

Garrett a allumé une cigarette. Maman allait me

tuer quand elle sentirait l'odeur du tabac. Si Garrett ne le faisait pas avant.

— Je savais que tu ne me le dirais jamais, a-t-il poursuivi. Alors j'ai rendu une petite visite à ton copain. Et je l'ai emmené se promener pour bavarder. Lui non plus ne voulait rien lâcher. Il a fallu que je le brusque un peu. Que je le fasse pleurer.

— Je ne pouvais rien faire, Henry, a murmuré Léo.

— C'est de ma faute, Léo.

J'aurais volontiers donné tout de suite l'ordinateur à Garrett pour qu'il s'en aille. Mais il prenait son temps. Il a continué :

— Alors, quand cette poule mouillée m'a parlé d'un ordinateur et d'un fantôme, je l'ai cogné un peu plus fort. Je ne voulais pas le croire. Mais il a insisté et figure-toi que j'ai commencé à me dire que ça pouvait être vrai, parce que, quand je l'ai menacé de lui arracher les dents, il s'en est tenu à la même histoire. Alors, Henry, c'est vrai ?

— Oui, c'est vrai.

Cela ne servait à rien de mentir.

— Où est-il ?

— Là-haut, dans ma chambre. Mais si tu montes, j'appelle la police.

— La police ? s'est-il esclaffé. Mais c'est toi qui m'as invité à entrer !

Il a fait deux pas vers l'escalier et je me suis précipité pour lui barrer le passage. Ses joues se sont brusquement empourprées et ses yeux m'ont lancé le même regard mauvais que celui des truands sur les photos de police.

— Je sais que tes parents sont sortis, a sifflé Garrett entre ses dents. Je les ai vus partir. Écarte-toi de mon chemin ou je t'envoie à l'hôpital. Tu verras de quoi je suis capable.

— Il parle sérieusement, a murmuré Léo d'une voix rauque.

— C'est mon ordinateur ! me suis-je écrié.

Garrett m'a jeté une poignée de billets de banque froissés.

— Il ne l'est plus. Tu me l'as vendu pour cent livres, tu ne t'en souviens pas ? a-t-il ricané. Maintenant il est à moi. De toute façon tu es trop jeune pour jouer aux courses. C'est illégal. Tu devrais avoir honte...

Il m'a poussé pour passer. J'étais impuissant. Léo avait l'air misérable et j'ai senti un goût amer dans ma bouche. Tout cela était de ma faute. Comment avais-je pu être aussi stupide ?

— Léo...

Je me suis arrêté. Il n'y avait rien à dire. J'espérais seulement que nous demeurerions amis, une fois cette histoire terminée.

— Tu ferais mieux de monter, a suggéré Léo.

J'ai couru au premier étage. Garrett avait déjà repéré ma chambre et il était assis devant l'ordinateur. Il l'avait allumé et attendait le lancement du système. Je suis resté sur le seuil pour l'observer.

— Parfait, a marmonné Garrett.

Il a plié les doigts et martelé le clavier. Des mots inintelligibles sont apparus sur l'écran. Il a frappé le côté du moniteur.

— Allons, monsieur le fantôme ! Qu'est-ce que tu as pour moi ? Ne me fais pas attendre !

Il a de nouveau martelé le clavier. D'autres lettres se sont affichées :

GLORPAWES

— Allons, grouille-toi !

Garrett a saisi le moniteur à deux mains et collé son front contre l'écran.

— Tu veux finir dans la benne à ordures ? Donne-moi un nom.

J'étais certain que rien ne se passerait. Je n'avais jamais demandé un nom de cheval. Il s'était affiché tout seul. Et je n'avais jamais été aussi avide que Garrett. Pourtant, en y réfléchissant, je me suis aperçu avec dégoût que, le temps passant, j'aurais sûrement fini par devenir aussi cupide et ignoble que lui. J'étais certain que rien ne se passerait. J'avais tort.

Les lettres ont disparu. Deux mots les ont remplacées :

Garrett a fixé l'écran avec des yeux ronds, comme s'il croyait seulement maintenant ce que Léo lui avait dit. La cigarette lui est tombée des lèvres et il a gloussé de rire. Tout son corps en a été secoué. « Transport éclair. » Il faisait rouler les mots dans sa bouche. « Transport éclair. Transport éclair. » Puis, tout à coup, il a pris conscience de ma présence.

— Est-ce que ce truc te donne les cotes ?

— Non. Je les lis dans le journal.

J'étais abattu. J'avais seulement envie qu'il s'en aille.

— Je les aurai au bureau des paris, a dit Garrett en se levant.

Il a saisi le cordon d'alimentation et a tiré dessus d'un coup sec, si sec qu'il a arraché la prise du mur. L'écran s'est éteint. Ensuite, il a soulevé l'ordinateur et l'a plaqué contre lui.

— On se reverra, a-t-il promis. Amuse-toi bien avec les cent livres.

Je l'ai suivi au rez-de-chaussée. J'aurais peut-être dû l'arrêter mais, pour être franc, je n'en avais pas envie. Je voulais qu'il parte.

Léo lui a ouvert la porte.

— Salut, les mioches ! a crié Garrett.

Il s'est élancé dans la rue. Il y a eu un hurlement de pneus et un horrible fracas. J'ai échangé un regard atterré avec Léo, et nous avons couru dehors. J'ai encore l'image imprimée dans ma tête. Comme une photographie.

Garrett avait été heurté par un gros camion blanc, qui s'était immobilisé à quelques mètres du portail. Le conducteur était déjà descendu de la cabine et regardait le sol, horrifié. Garrett gisait dans une mare de sang qui s'élargissait rapidement autour de sa tête. Il était à plat ventre, les bras et les jambes écartés, et il donnait l'impression d'essayer de nager sur le goudron. Mais il ne bougeait pas. Il ne respirait même pas.

L'ordinateur qu'il portait au moment du choc était en miettes. Il aurait fallu un miracle pour le remettre en état. L'écran avait explosé et les éclats jonchaient la chaussée. Le processeur était béant : les fils et les circuits sortaient de partout. Des spaghettis électroniques.

Le spectacle était atroce ; mais savez-vous ce qui était pire ? Le nom peint sur le flanc du camion de déménagement. Je le vois encore :

G.W. BEAUCIEL DÉMÉNAGEMENTS
Et, dessous, en grosses lettres rouges :

TRANSPORT ÉCLAIR

4

Le bus de nuit

Nick Hancock et son frère Jeremy savaient qu'ils allaient au-devant de gros ennuis, mais ils n'étaient pas d'accord sur les responsabilités. Évidemment, Jeremy blâmait Nick. Et Nick blâmait Jonathan Saunders. Ils savaient également que, lorsqu'ils rentreraient chez eux, si jamais ils rentraient, leur père les réprimanderait tous les deux. Mais, quel que soit le fautif, le fait est qu'ils étaient coincés en plein centre de Londres, au beau milieu de la nuit. Il était minuit moins cinq. Ils auraient dû être chez eux depuis vingt-cinq minutes.

C'était samedi soir. Et pas n'importe quel samedi soir. Le 31 octobre. Halloween. Ils avaient été invités à une fête à Londres, près de Holborn. Pour obtenir la permission d'y aller ils avaient dû livrer bataille. À dix-sept ans, Nick était libre de sortir seul. Mais son jeune frère, Jeremy, n'avait que douze ans, treize dans une semaine. La fête d'Halloween était organisée par leur cousin et c'était probablement ce qui avait décidé leurs parents. Chez n'importe qui d'autre, les Hancock auraient imaginé le pire : drogue, alcool, vomi, etc. Au moins. Là, on était en famille. Comment auraient-ils pu refuser ?

John Hancock, le père des garçons, avait donc fini par leur donner son accord.

— Bon. Vous pouvez y aller tous les deux. Mais je vous veux à la maison à onze heures et demie... Et pas de discussion ! Jonathan est invité ?

Jonathan Saunders habitait au bout de la rue. Ils fréquentaient tous les trois le même collège.

— Parfait. Je vous conduirai. Sa mère ou son père ira vous chercher. Je vais leur téléphoner. Et toi, Nick, veille sur ton frère. J'espère ne pas avoir à le regretter...

Mais tout avait été de travers. John Hancock avait conduit les trois garçons en ville. C'était à une quarantaine de minutes de Richmond, dans la banlieue ouest de Londres, où ils vivaient. John, qui travaillait comme rédacteur dans une des plus importantes agences de publicité de la ville, s'y rendait habituellement en métro. Mais comment accompagner trois garçons dans les transports en commun quand l'un d'eux était déguisé en Diable, le deuxième en vampire, et le troisième (Jonathan) en Frankenstein, le cou transpercé d'un éclair ?

John Hancock les avait déposés devant la maison de leur cousin, près de Holborn. La fête était grandiose. Les ennuis avaient commencé à la fin, vers onze heures, quand Jonathan avait signalé qu'il était temps de partir. Nick et Jeremy mouraient d'envie de rester. Ce petit différend, combiné avec le vacarme de la musique, la pénombre et la foule des invités, avait provoqué un malentendu.

Jonathan était parti sans eux.

Sa mère, qui pourtant était venue chercher les trois garçons, avait ramené Jonathan en laissant les deux autres sur place. Catherine Saunders était ainsi faite. Écrivain, elle était toujours dans la lune et rêvait à son prochain roman. C'était le genre de personne capable de partir quelque part et de s'apercevoir qu'elle avait oublié sa voiture. On la surnommait Tête de Linotte.

La nuit était déjà bien entamée. Dans cinq minutes il serait minuit, et Nick (déguisé en Diable) et Jeremy (en comte Dracula) se sentaient vulnérables et ridicules en traversant Trafalgar Square, en plein centre de Londres.

— Nous n'aurions pas dû partir, se lamenta Jeremy.

— Il le fallait, affirma Nick. Si oncle Colin nous avait vus, il aurait téléphoné à papa et tu sais ce que ça nous aurait coûté. Pas de sortie pendant un mois.

— Au lieu de quoi nous en serons privés pendant un an !

— Nous allons rentrer...

— Nous devrions être à la maison depuis vingt minutes !

Bien sûr ils auraient dû prendre un taxi, mais il n'y en avait pas un seul de libre dans les parages. Ils avaient songé à prendre le métro, mais ils avaient raté les stations de Holborn et de Covent Garden, et s'étaient retrouvés à Trafalgar Square, sous la colonne de Nelson, avant même de s'en rendre compte. Curieusement, il y avait peu de monde sur la place. Peut-être était-il trop tard pour les gens qui allaient au théâtre, sans doute déjà sur le chemin du retour, et trop tôt pour les noctambules, qui ne regagnaient leur lit qu'à l'aube ? Quelques passants jetèrent des regards appuyés aux deux garçons qui contournaient les lions de pierre gardant la place, mais s'en détournèrent vivement. On peut les comprendre. Comment réagiriez-vous en apercevant Dracula et le Diable à minuit moins cinq, un samedi soir ?

— Qu'allons-nous faire ? se plaignit Jeremy.

Il avait l'impression de marcher depuis des heures. Il avait froid et mal aux pieds.

— Le bus de nuit ! s'exclama Nick en apercevant de loin le bus en question, garé à l'autre angle de la place, face à la National Gallery.

— Où ?

— Là-bas !

Nick pointa le doigt. C'était un bus rouge à impériale, de style ancien, avec une plate-forme à l'arrière, et le mot magique RICHMOND peint en lettres blanches sur la pancarte au-dessus de la cabine du conducteur. Le bus portait le numéro 227 B. Ses autres destinations étaient indiquées dessous : ST. MARK GROVE, PALLISER ROAD, FULHAM PALACE ROAD, LOWER MILL HILL ROAD, CLIFFORD AVENUE. Deux des noms au moins étaient familiers à Nick. Le bus allait vers l'ouest. Et ils avaient assez d'argent pour les tickets.

— Viens !

Jeremy s'était déjà élancé, sa cape de vampire flottant derrière lui. Nick assura sa prise sur le manche de sa fourche de diable et courut derrière son jeune frère, tout en retenant ses cornes qui glissaient de sa tête.

Ils atteignirent le bus, sautèrent dedans, et choisirent un siège à peu près au milieu de l'étage inférieur. C'est seulement une fois assis que Nick s'aperçut qu'il n'y avait ni lumières, ni passagers, ni conducteur, ni receveur. Il comprit, avec découragement, que cet autobus n'irait nulle part, du moins dans l'immédiat. À côté de lui, Jeremy haletait, les yeux mi-clos. Il regarda sa montre. Onze heures cinquante-neuf passées. Dans dix secondes il serait minuit. Peut-être valait-il mieux tenter à nouveau leur chance avec un taxi ? Tôt ou tard, il finirait bien par en passer un à Trafalgar Square...

— Jeremy..., commença Nick.

Au même instant, les lumières s'allumèrent, le moteur ronronna, la cloche tinta, et le bus démarra brutalement.

Nick se redressa, un peu alarmé. Quelques secondes plus tôt, le bus était vide. Il en était certain. Maintenant il apercevait les épaules voûtées et les cheveux noirs du conducteur assis dans la cabine. Et un receveur, sur la plate-forme arrière, vêtu d'un costume gris tout froissé qui semblait dater d'au moins dix ans, mettait un rouleau de papier dans son appareil à tickets.

Nick et Jeremy étaient les uniques passagers.

— Jeremy ?

— Quoi ?

— Tu as vu le conducteur monter ?

— Quel conducteur ?

Jeremy était à moitié endormi.

Nick regarda par la vitre au moment où l'autobus tourna dans Haymarket en direction de Piccadilly

Circus. Ils dépassèrent un autre arrêt où attendaient quelques personnes, mais le bus ne s'arrêta pas. Et les personnes qui attendaient ne semblèrent pas le voir. Nick sentit l'inquiétude le gagner. Il y avait quelque chose d'irréel dans ce voyage : le bus vide qui ne s'arrêtait pas, le conducteur et le receveur qui surgissaient de nulle part, et eux-mêmes, avec leurs costumes ridicules, qui traversaient Londres au milieu de la nuit.

Le receveur s'avança vers eux.

— Où allez-vous ? demanda-t-il.

En voyant l'homme de plus près, Nick sentit son malaise grandir. Le receveur avait davantage l'air mort que vivant. Son visage était livide, ses yeux caves, ses cheveux tombants. Il était atrocement maigre. Ses mains, crispées sur la machine à tickets, semblaient ne plus avoir de chair. La machine à tickets n'était pas un de ces engins électroniques actuels, mais un vieil appareil doté d'une manivelle qu'il fallait tourner pour cracher les tickets. Le bus aussi était hors d'âge. Le dessin des sièges, la découpe des fenêtres, la chaînette suspendue au plafond que l'on tirait pour actionner la cloche, et même les affiches sur les murs qui faisaient la réclame de produits dont il n'avait jamais entendu parler.

— Quelle destination ? insista le receveur.

Sa voix donnait l'impression de résonner en écho avant même d'avoir franchi ses lèvres.

— Deux tickets pour Richmond, répondit Nick.

Le receveur l'examina avec attention.

— Je ne vous ai jamais vus, dit-il enfin.

Nick ne sut quoi répondre.

— Eh bien... Nous ne sortons pas souvent si tard le soir.

— Vous êtes très jeunes, constata le receveur en lançant un coup d'œil à Jeremy qui dormait maintenant à poings fermés. C'est votre frère ?

— Oui.

— Comment êtes-vous partis, tous les deux ?

— Pardon ?

— Comment êtes-vous partis ? Qu'est-ce qui vous a... (le receveur toussota poliment)... emportés ?

— La voiture de mon père, bredouilla Nick, déconcerté.

— Tragique, soupira le receveur en secouant la tête. Où m'avez-vous dit que vous alliez ?

— Richmond.

— Ah, Lower Grove Road, je suppose. Très bien...

Le receveur tourna la manivelle et un double ticket jaillit de la machine. Il le tendit à Nick.

— Ça fera un shilling.

— Comment ?

Perplexe, Nick tendit une pièce d'une livre, et l'homme la lorgna avec dédain.

— Ah, cette nouvelle monnaie, marmonna-t-il... Je n'arrive pas à m'y habituer.

Il plongea la main dans sa poche et en sortit une poignée de pièces, parmi lesquelles plusieurs gros « pennies » et même une pièce de trois pence. La dernière fois que Nick en avait vu de semblables c'était chez un brocanteur. Pourtant il n'osa pas se plaindre. Pas plus qu'il n'osa dire qu'ils ne voulaient pas aller à Lower Grove Road. D'ailleurs il ne savait même pas où cela se trouvait. Il se tut. Le receveur retourna sur la plate-forme et les laissa seuls.

L'autobus bifurqua à Hyde Park Corner, traversa Knightsbridge et continua vers South Kensington. Au moins Nick reconnaissait les rues. Il savait qu'ils roulaient dans la bonne direction. Néanmoins le bus ne s'était pas arrêté. Pas une seule fois. Personne n'était monté, pas même quand il avait stoppé au feu rouge près du grand magasin Harrods. Jeremy dormait. Il ronflottait légèrement. Nick ne bougeait pas. Il comptait les minutes. Il était impatient d'arriver à Richmond. Peu lui importait que ses parents soient furieux. Il voulait seulement rentrer chez lui.

C'est alors que, de l'autre côté de Kensington, juste après le cinéma Virgin sur Fulham Road, le véhicule s'arrêta enfin.

— St. Mark Grove ! cria le receveur.

Nick regarda par la fenêtre. En face, il vit une haute grille en fer noire, et une pancarte qu'il ne put lire dans l'obscurité. Un groupe de personnes attendait juste devant. Il les regarda traverser la rue et monter dans le bus. Le receveur tira deux fois sur la chaînette et le bus redémarra.

Quatre hommes et deux femmes étaient montés. Tous étaient extrêmement bien habillés et Nick en déduisit qu'ils sortaient probablement de la même réception. Ou alors ils revenaient de l'opéra. Deux des hommes portaient un nœud papillon noir sur un col cassé. Un autre avait une écharpe blanche et une canne en ébène. Les femmes étaient en robe longue, mais elles ne portaient aucun bijou. Tous étaient relativement âgés, peut-être une soixantaine d'années. Au moment où l'autobus commençait à prendre de la vitesse, un cinquième personnage se mit soudain à courir derrière, le rattrapa, tendit une main pour s'accrocher à la rambarde et se hissa sur la plate-forme. Nick resta bouche bée. C'était un homme beaucoup plus jeune, vêtu d'une tenue de motard en cuir, tenant un casque à la main. Visiblement il avait eu un grave accident. Une cicatrice blanchâtre lui barrait le côté du visage et une partie du crâne était enfoncée, comme un ballon de football crevé. L'homme avait le regard fixe et un grand rictus qui n'avait rien de joyeux. La cicatrice avait atrophié la peau, tirant en arrière un coin de la bouche et découvrant une rangée de dents jaunâtres. L'homme était sale et sentait mauvais. Une odeur de terre humide. Nick ne pouvait empêcher son regard d'être attiré vers l'homme mais il se força à détourner les yeux. Le motard se laissa choir sur un siège à quelques rangs derrière lui. Du coin de l'œil, Nick parvenait à voir son reflet dans la vitre.

Bizarrement, les gens bien habillés parurent enchantés d'avoir le motard parmi eux.

— Vous l'avez eu de justesse ! s'exclama l'un d'eux.

— Oui, répondit le motard en tordant l'autre côté de sa bouche, si bien que, pendant un instant, son visage parut presque naturel. Je me suis levé tard.

Levé tard ? Nick se demanda ce qu'il voulait dire. Après tout il était minuit et quart.

— Sept tickets pour Queensmill Road, lança une des femmes au receveur.

La manivelle tourna et les tickets sortirent à la file.

— Queensmill Road ! s'écria le motard. C'est près de l'endroit où j'ai eu mon accident.

Il effleura sa balafre du bout de l'index et Nick, dans le reflet de la vitre, eut l'impression qu'il enfonçait complètement le doigt dans la blessure *et à l'intérieur* de sa tête.

— Je suis rentré dans un bibliobus, expliqua-t-il.

— Je suppose que vous n'avez pas eu le temps de lire ! ironisa l'homme à l'écharpe blanche.

Sa plaisanterie déclencha l'hilarité générale.

Le bus fit halte une deuxième fois environ cinq minutes plus tard.

— Palliser Road ! clama le receveur.

Une douzaine de personnes au moins attendaient à l'arrêt, et visiblement toutes venaient de la même soirée d'Halloween. Tout ce petit monde était d'humeur enjouée et portait des costumes amusants. Nick ne put s'empêcher de les observer par-dessus son épaule quand ils prirent place autour de lui. Deux femmes étaient vêtues de longues et amples robes vertes, tels des fantômes. Il y avait aussi deux squelettes. Un garçon âgé de quelques années de plus que Nick avait un couteau planté entre les épaules et un filet de sang au coin de la bouche. Un couple plus âgé avait choisi des costumes Belle Époque, avec chapeau haut de forme et queue-de-pie pour le monsieur, robe de bal pour la dame. Il ne pleuvait pas, pourtant ils étaient trempés l'un et l'autre. L'homme croisa le regard de Nick posé sur lui et s'exclama :

— C'est la dernière fois que je pars en vacances sur le *Titanic* !

Nick détourna les yeux, embarrassé.

Les passagers montés au premier arrêt engagèrent

bientôt la conversation avec ceux du deuxième, et l'ambiance dans le bus devint franchement festive.

— Sir Oswald ! Il y a un temps fou que je ne vous avais vu ! Combien... ? Trente ans ? Vous avez une mine épouvantable.

— Barbara ? C'est vous ? Barbara Bennett ? Comment va votre mari ? Toujours vivant ? Oh... je suis navré de l'apprendre.

— ... J'ai emmené toute la famille skier, à Noël. Nous avons passé des vacances formidables, sauf que, malheureusement, j'ai eu une crise cardiaque...

— ... Je fais un saut à Putney pour voir les Ferguson. Des gens charmants. Leur maison a été soufflée par une explosion, pendant la guerre...

Les conversations se poursuivirent ainsi pendant une demi-heure. Les passagers ignoraient Nick, et il s'en félicitait. Il se sentait bizarrement différent de tous ces gens qui l'entouraient, sans pouvoir expliquer pourquoi. Peut-être parce qu'ils semblaient tous se connaître et avaient davantage de choses en commun.

Le bus de nuit fit trois autres arrêts. À Queensmill Road, où les sept premiers passagers descendirent. À Lower Mill Hill Road. Et enfin à Clifford Avenue. Lorsqu'il quitta le dernier arrêt, l'autobus était bondé. Il y avait des gens debout dans les couloirs et sur la plate-forme. Le dernier passager qui était monté était le plus singulier de tous. Il paraissait avoir réchappé d'un incendie. Ses vêtements étaient calcinés et en lambeaux. De la fumée lui sortait de sous les bras et il esquissa un geste d'excuse lorsque le receveur lui indiqua la pancarte INTERDIT DE FUMER.

L'ambiance joyeuse s'était encore amplifiée, si toutefois c'était possible. Autour de Nick, les gens parlaient si fort qu'il n'entendait plus le moteur, et, à l'étage supérieur, les passagers avaient entonné en chœur « *On ira tous au paradis* » – ce qui les rendait extrêmement joyeux. Nick s'efforçait de ne pas les regarder mais c'était plus fort que lui. À l'approche des faubourgs de Richmond, une immense et grosse dame, bizarrement vêtue d'une blouse verte de chirurgien et assise à côté d'un petit homme chauve, se tourna brusquement vers Nick et plissa les yeux.

— Qu'est-ce que vous regardez ?

— Mais je..., bredouilla Nick. Pardonnez-moi. C'est juste que... je suis très en retard et... mes parents vont probablement me tuer !

— C'est un peu tard pour ça, non ?

— Je ne comprends pas ce que vous voulez dire.

— Eh bien, ce sont vos funérailles ! Vos funérailles !

La femme éclata d'un grand rire et poussa du coude le petit homme chauve, si brutalement qu'il tomba de son siège.

Son rire se répercuta dans tout l'autobus. À l'étage supérieur, les chansons se succédaient. Un homme en costume trois-pièces marmonna : « Excusez-moi », et chassa un asticot qui se tortillait sur son genou. Sa voisine leva un mouchoir vers son nez, tandis que la femme assise derrière parut enlever son nez et le poser dans son mouchoir.

Nick n'en pouvait plus. Le bus arrivait dans le centre de Richmond. Il reconnaissait les magasins. Le conducteur ralentit à l'approche d'un feu rouge et il prit sa décision. Il secoua Jeremy pour le réveiller.

— Jeremy ! Viens !

— Hein ? Quoi ?

— Nous sommes arrivés !

Traînant à moitié son frère, Nick se leva et se fraya un passage vers l'arrière. Le feu était encore au rouge mais il pouvait passer au vert d'une seconde à l'autre. Les autres passagers n'essayèrent pas de le retenir, mais ils paraissaient surpris qu'il veuille descendre.

— Vous ne pouvez pas descendre ici !

— Nous ne sommes pas encore arrivés !

— Où allez-vous ?

— Revenez !

Le feu passa au vert. Le chauffeur démarra.

— Arrêtez !

— Arrêtez-le !

Le receveur, debout à l'arrière de la plate-forme, se jeta vers Nick. Pendant une fraction de seconde, Nick sentit autour de son bras une pince de glace.

— Saute ! cria Nick.

Jeremy sauta de l'autobus et Nick, qui tenait son frère d'une main, fut entraîné avec lui. Le receveur poussa un cri et le lâcha. Les deux frères se retrouvèrent étalés sur la chaussée, tandis que le bus poursuivait sa route bruyamment et s'enfonçait dans les ténèbres au bout de l'avenue.

— Qu'est-ce qui t'a pris ? demanda Jeremy en se relevant.

— Je ne sais pas, murmura Nick.

Il se mit à genoux. Le bus disparut au loin, et un dernier chœur de voix resta suspendu dans l'air comme une créature invisible, avant de fondre en piqué à la poursuite du bus.

— Je me suis tordu la cheville, grogna Jeremy.

— Ce n'est pas grave, assura Nick en se redressant pour s'approcher de son frère. Nous sommes chez nous.

— Vous êtes les enfants les plus irresponsables, les plus désobéissants, les plus infernaux que je connaisse ! Vous rendez-vous compte que j'étais à deux doigts de prévenir la police ? Votre mère et moi étions malades d'inquiétude. C'est la dernière fois que vous allez seuls à une soirée. En fait, c'est la dernière fois que vous allez à une soirée tout court ! Je n'arrive pas à croire que vous soyez aussi stupides...

La scène se passait le dimanche matin, au petit déjeuner. John Hancock était encore en rage. Bien entendu, quand les garçons étaient rentrés, gelés et épuisés, à une heure moins dix, il les attendait. À ce moment-là, il s'était limité à une explosion de colère de dix minutes, mais après une bonne nuit de sommeil il semblait parti pour fulminer jusqu'à midi. En son for intérieur, Nick ne pouvait en vouloir à ses parents. Ils avaient eu peur. Bien sûr il avait dix-sept ans et était supposé se débrouiller seul, mais Jeremy n'en avait que douze. Et toutes sortes de gens bizarres rôdent dans les rues. Tout le monde sait ça.

Des gens bizarres...

— Je voudrais que vous m'expliquiez exactement comment vous êtes rentrés à la maison, insista sa mère.

Rosemary Hancock était une femme raisonnable et calme, qui avait pour habitude de s'interposer entre le père et les fils en cas de dispute – ce qui était fréquent. Elle dirigeait une librairie à Richmond. Nick s'aperçut qu'elle tenait deux livres à la main. Une histoire de Londres, et un plan de la ville. Elle les avait apportés à table avec les croissants et le café.

— Ils nous l'ont déjà raconté, grommela John.

115

Rosemary l'ignora.

— Vous dites que vous avez pris le bus 227 B, poursuivit-elle. Un autobus démodé. Est-ce qu'il ressemblait à celui-ci ?

Elle montra à Nick une photographie dans le livre. C'était la copie exacte de leur autobus.

— Qu'importe à quoi ressemblait ce bus ? s'exclama John.

— Oui, maman, intervint Jeremy. C'est exactement le même. Avec la plate-forme ouverte à l'arrière.

— Et le receveur vous a rendu des pièces anciennes ?

— Oui, confirma Nick. Elles sont sur ma table de nuit.

À la lumière du jour, elles paraissaient plus qu'anciennes. Certaines étaient rouillées et couvertes d'une sorte de boue. Le seul fait de les regarder lui donnait la chair de poule et il ne comprenait pas pourquoi.

— Vous vous rappelez où l'autobus s'est arrêté ? reprit Rosemary en fermant le livre. Vous avez parlé de Clifford Avenue et de Lower Mill Hill Road.

— C'est exact, répondit Nick en fouillant dans sa mémoire. Il s'est arrêté d'abord à Fulham. St. Peter Grove ou quelque chose de ce genre. Ensuite à Palliser Road. Ensuite...

— Queensmill Road ? suggéra Rosemary.

— Comment le sais-tu ? s'étonna Nick.

— Mais enfin à quoi jouez-vous ? s'irrita John Hancock. Qu'importent l'allure du bus et son itinéraire ?

— Il importe qu'il n'existe pas de bus 227 B, répondit Rosemary. J'ai téléphoné aux renseignements ce matin, pendant que tu allais chercher les croissants. Il y a bien une ligne qui va de Trafalgar Square à Richmond, mais c'est la ligne numéro 9. Et l'autobus décrit par les garçons, le même qui figure dans ce livre... est un vieux Routemaster. Ces véhicules ne sont plus fabriqués depuis trente ans, et il n'y en a certainement plus en circulation.

— Mais alors, comment... ?

John se tourna vers Nick.

Mais Nick ne quittait pas sa mère des yeux. Il devint blanc comme un linge. Il avait l'impression que son sang était aspiré.

— Pourtant tu connaissais l'itinéraire, dit-il à sa mère.

— Je ne sais pas exactement ce qui se passe, Nick. Soit vous avez inventé toute cette histoire... soit... oh, je ne sais plus... Je suppose que c'est une farce.

— Continue, maman, l'encouragea Nick en buvant une gorgée de jus d'orange.

Il avait la bouche sèche.

— Eh bien, il semblerait que, cette nuit, vous

ayez fait le tour des cimetières de Londres, dit Rosemary en ouvrant le plan. Regarde. St. Mark Grove, juste à côté de Fulham...

Nick se souvint de la haute grille en fer et de la pancarte.

— ... c'est le cimetière de Brompton. Le cimetière Hammersmith est sur Palliser Road. Le cimetière de Fulham... est situé sur Fulham Palace Road, mais il est en face de Queensmill Road. Le cimetière Putney est sur Lower Mill Hill Road. Quant à Clifford Avenue, où tu prétends avoir vu cet homme qui semblait se consumer ou brûler... c'est là que se trouve le crématorium Mortlake.

Rosemary ferma le plan.

Jeremy était assis sans bouger, un morceau de croissant à mi-chemin de sa bouche.

— Évidemment, c'est une farce, conclut John Hancock en se levant. Oh... Rosemary, aide-moi à relever Nick. On dirait qu'il s'est évanoui.

5

L'horrible rêve de Harriet

Ce qui rendait le rêve si horrible, c'était sa netteté et sa force. Harriet avait vraiment l'impression d'être assise dans un cinéma (et non couchée dans son lit), et de regarder un film dont elle était l'actrice. Et en Technicolor, s'il vous plaît ! Elle avait lu un jour que les gens ne rêvent qu'en noir et blanc, et pourtant elle se voyait vêtue de sa robe rose préférée, avec des nœuds rouges dans les cheveux. Il va sans dire qu'elle n'aurait pas *rêvé* d'un rêve en noir et blanc. Harriet voulait toujours ce qu'il y avait de mieux.

Néanmoins elle aurait préféré se passer de ce rêve-là. Elle aurait aimé se réveiller et demander à

Fifi, la gouvernante française, de lui préparer son petit déjeuner. Car ce rêve, qui pouvait avoir duré quelques secondes mais qui lui semblait s'être prolongé la nuit entière, était particulièrement atroce. En vérité, c'était même carrément un cauchemar.

Pourtant il avait commencé délicieusement. Harriet, dans sa jolie robe rose, remontait l'allée de leur belle maison, dans les faubourgs chics de Bath. Elle s'entendait même chantonner. Elle revenait de l'école et avait passé une journée particulièrement agréable. Elle avait été première en orthographe et, bien que sachant avoir triché (grâce aux antisèches cachées dans sa trousse), elle avait pris un grand plaisir à être félicitée pour ses notes devant toute la classe. Naturellement, Jane Wilson, qui était seconde, avait lâché quelques vilaines allusions, mais Harriet s'était vengée en renversant « accidentellement » son verre de lait sur elle pendant le déjeuner.

Elle était ravie de rentrer chez elle. La maison de Harriet était une immense bâtisse blanche (aucun de ses camarades d'école n'avait de maison plus grande), au milieu d'un parc magnifique, doté d'une petite rivière et d'une cascade miniature. Sa bicyclette flambant neuve était adossée dehors contre le mur et commençait à rouiller à cause de la pluie. Harriet l'avait laissée là toute la semaine au lieu de la rentrer dans le garage.

C'était la faute de Fifi. Si la gouvernante l'avait rangée à sa place, cela ne serait pas arrivé. Harriet songeait d'ailleurs à s'en plaindre auprès de sa mère. Elle avait une mimique bien à elle lorsque les choses n'allaient pas comme elle le souhaitait, et un talent certain pour verser des torrents de larmes. Si elle se lamentait suffisamment, peut-être sa mère renverrait-elle Fifi ? Cela pourrait être amusant. Harriet avait déjà réussi à faire congédier quatre gouvernantes. La dernière en date n'était restée que trois semaines !

Elle ouvrit la porte d'entrée, et c'est alors que tout commença à aller de travers. Harriet le pressentit avant même de comprendre ce qui se passait. Bien entendu, c'est une chose fréquente dans les rêves. Les événements surviennent si vite que vous en avez conscience avant même qu'ils se produisent.

Son père était rentré de bonne heure du travail. Sa Porsche était garée dans l'allée. Guy Hubbard possédait un magasin d'antiquités en ville, mais il s'était récemment lancé dans d'autres activités : des investissements immobiliers à Bristol, et des appartements de vacances à Majorque. Toutefois le commerce des antiquités était sa vraie passion. Il parcourait le pays pour visiter des maisons, surtout celles dont les propriétaires venaient de mourir. Il se présentait à la veuve, jetait un coup d'œil circulaire, et repérait les trésors d'un regard exercé. « Très jolie table, disait-il. Je vous en offre cinquante livres. En espèces. Tout de suite. Sans discuter. Qu'en pensez-vous ? » Quelques jours plus tard, ladite table se retrouvait dans sa boutique, étiquetée à cinq cents ou même cinq mille livres. Tel était le secret du succès de Guy Hubbard. Les personnes qui lui vendaient leurs biens n'avaient pas la moindre idée de leur prix. Lui, oui. Il avait un jour affirmé être capable de renifler une pièce de valeur avant même de la voir.

Pour l'heure, il se trouvait dans le grand salon et parlait avec sa femme d'une voix basse et maussade. Il se passait quelque chose de grave. Terriblement grave. Harriet s'approcha et plaqua son oreille contre la porte du salon.

— Nous sommes lessivés, disait Guy. Fauchés. Sur la paille, ma chérie. Et il n'y a rien à faire.

— Tu as tout perdu ?

Hilda avait autrefois été coiffeuse, mais elle ne travaillait plus depuis des années. Malgré cela elle se plaignait continuellement d'être fatiguée et prenait d'innombrables vacances.

— Absolument tout, répondit Guy. C'est à cause de ce projet immobilier. Jack et Barry ont filé. Ils ont fui le pays en prenant tout l'argent, et m'ont laissé toutes les dettes.

— Qu'allons-nous faire ?

— Vendre ce qui nous reste et recommencer à

zéro. C'est faisable. Mais il faudra nous séparer de la maison, des voitures...

— Et Harriet ?

— Pour commencer, elle va devoir quitter son école privée et aller dans un établissement public. Quant à la croisière que vous projetiez toutes les deux, il faut l'oublier !

Harriet en avait assez entendu. Elle ouvrit la porte et fit irruption dans le salon. Ses joues étaient écarlates et ses lèvres tellement pincées qu'elles pointaient en avant comme pour embrasser le vide.

— Que se passe-t-il ? lança-t-elle d'une voix aiguë. Qu'est-ce que tu racontes, papa ? Pourquoi doit-on annuler la croisière ?

Guy jeta à sa fille un regard morose.

— Tu écoutais à la porte ?

Hilda, qui était assise dans un fauteuil, un verre de whisky à la main, intervint :

— Ne la brusque pas, Guy.

— Réponds-moi ! hurla Harriet. Réponds-moi ! Réponds-moi !

Harriet s'était dressée, toute raide, comme si elle allait fondre en larmes. Mais elle avait déjà décidé de ne pas pleurer. Elle envisageait plutôt de pousser un de ses cris qui vous déchiraient les tympans.

Guy Hubbard était debout devant la cheminée. C'était un homme de petite taille, avec des cheveux noirs lissés en arrière et une fine moustache. Il portait un costume à carreaux avec un mouchoir rouge à la pochette. Le père et la fille n'avaient jamais été proches. En fait, Harriet lui adressait la parole aussi peu que possible, et toujours pour lui réclamer de l'argent.

— Autant que tu saches tout, dit Guy. Je viens de faire faillite.

— Quoi ? s'écria Harriet, qui sentit les larmes lui picoter les yeux malgré elle.

— Ne t'inquiète pas, ma poupée en sucre..., commença Hilda.

— Au contraire, tu as de quoi t'inquiéter ! coupa Guy. Il va y avoir quelques petits changements dans notre vie, ma fille. Crois-moi. Tu peux faire une croix sur tes jolies robes et tes gouvernantes françaises...

— Fifi ?

— Je l'ai congédiée ce matin.

— Mais je l'aimais bien !

Les larmes se mirent à rouler sur les joues de Harriet.

— Tu vas devoir y mettre du tien, jeune fille. Quand j'aurai payé toutes mes dettes, nous n'aurons plus de quoi acheter une boîte de haricots. Tu devras travailler. Quel âge as-tu, maintenant ? quatorze ans ?

— Douze !

— Eh bien, tu pourras distribuer des journaux

ou quelque chose de ce genre. Et toi, Hilda, tu vas te remettre à la coiffure. Coupes et brushings à la chaîne.

Guy alluma une cigarette et souffla un rond de fumée bleue. Puis il reprit :

— Nous achèterons une maison en banlieue. Avec une seule chambre. C'est tout ce que nous pourrons nous permettre.

— Et moi, je dormirai où ? frémit Harriet.

— Dans la baignoire.

Ce fut la goutte d'eau... Cette fois, les larmes de Harriet se déversèrent, et pas seulement de ses yeux, mais, de façon plus répugnante, de son nez. En même temps elle lâcha un de ses hurlements les plus assourdissants et les plus aigus.

— Non ! Non ! Non ! Pas question que je quitte cette maison et que je dorme dans une baignoire. Tout ça est de ta faute, papa. Je te déteste. Je t'ai toujours détesté et je déteste maman, et je ferai ma croisière, et si tu m'en empêches je te dénoncerai à l'Association pour la protection des enfants maltraités et à la police, et je dirai à tout le monde que tu voles des choses chez les vieilles dames et que tu ne paies jamais d'impôts, et tu iras en prison et ce sera bien fait pour toi !

Harriet braillait si fort qu'elle s'en étouffa presque. Elle se tut, reprit sa respiration, puis tourna les talons et sortit du salon en claquant la porte derrière elle. Elle eut juste le temps d'entendre son père marmonner :

— Il va falloir trouver une solution.

Ensuite, comme c'est souvent le cas dans les rêves, ce fut déjà le lendemain, ou peut-être le surlendemain. Harriet était assise à la table du petit déjeuner avec sa mère, qui mangeait du müesli allégé et lisait le *Sun,* lorsque son père entra dans la cuisine.

— Bonjour, lança Guy Hubbard.

Harriet l'ignora.

— Bien, reprit-il. J'ai écouté ce que tu avais à dire et j'ai discuté avec ta mère. Apparemment, nous allons devoir prendre d'autres dispositions.

Harriet se servit un deuxième toast et le beurra. Elle se trouvait très distinguée, très grande dame. Très adulte. Mais l'effet fut gâché lorsque le beurre fondu lui coula sur le menton.

— Nous allons déménager, poursuivit Guy Hubbard. Mais tu as raison, il n'y aura pas de place pour toi dans notre nouveau logement. Tu es une petite fille beaucoup trop gâtée.

— Voyons, Guy..., marmonna Hilda d'un ton désapprobateur.

Son mari l'ignora.

— J'ai parlé avec ton oncle Algernon, continuat-il. Il est d'accord pour te prendre.

— Je n'ai pas d'oncle Algernon ! rétorqua Harriet d'un air hautain.

— Il n'est pas vraiment ton oncle. Mais c'est un vieil ami de la famille. Il dirige un restaurant à Londres : *Le Gourmet à la scie.*

— C'est un nom stupide pour un restaurant, observa Harriet.

— Stupide ou non, il fait un malheur. Algernon gagne une fortune. Et il a besoin d'une jeune fille comme toi. Ne me demande pas pour quoi ! Bref, je lui ai téléphoné et il va venir te chercher. Tu partiras avec lui. Et peut-être que, un jour, quand tout sera réglé...

— Ma petite chérie va me manquer ! gémit Hilda.

— Elle ne te manquera pas une seconde ! Tu étais bien trop occupée à jouer au bridge et à te manucurer les ongles pour veiller sur elle correctement. C'est sans doute pourquoi elle est devenue aussi chichiteuse. Maintenant il est trop tard. Algernon ne va pas tarder. Tu ferais bien de monter préparer ton sac, Harriet.

— Mon bébé !

Cette fois ce fut au tour de Hilda de pleurer. Les larmes dégoulinaient dans son müesli.

— Je prendrai deux valises, décréta Harriet. Et tu vas me donner de l'argent de poche. Je veux six mois d'avance !

Oncle Algernon se présenta à midi. Après les explications de son père, Harriet s'attendait à le voir conduire une Rolls Royce, au pire une Jaguar ; aussi fut-elle très déçue en le voyant arriver au volant d'une camionnette blanche assez déglinguée, ornée sur le côté du nom du restaurant, *Le Gourmet à la scie,* en lettres rouge vif.

La camionnette s'arrêta et un homme en descendit avec difficulté. Il était si grand que Harriet se demanda comment il avait réussi à loger son corps immense sur le siège avant. Et quand il se redressa, son crâne chauve dépassa en hauteur non seulement la camionnette mais aussi l'antenne. Il était d'une maigreur révoltante. On aurait dit qu'on avait suspendu un être humain normal sur un cintre et qu'on l'avait ensuite étiré. Ses bras et ses jambes dégingandés semblaient en caoutchouc. En outre, il avait un visage exceptionnellement repoussant. Bien qu'il n'eût pas un seul cheveu sur le crâne, il avait d'énormes sourcils touffus qui détonnaient au-dessus de ses petits yeux brillants. Sa peau avait la couleur d'une balle de ping-pong. Et sa tête en avait globalement la forme. Il portait un manteau à col de fourrure et des chaussures vernies qui couinaient quand il marchait.

Guy Hubbard fut le premier à sortir pour l'accueillir.

— Comment ça va, Archie ? lança-t-il. Et les affaires ?

Les deux hommes se serrèrent la main.

— Florissantes, Guy. Florissantes.

Algernon avait une voix basse et douce qui évoqua à Harriet celle d'un entrepreneur de pompes funèbres.

— Je ne peux pas rester, Guy. Je dois être de retour en ville pour le dîner. Le dîner !

Il se pourlécha les lèvres de sa langue rose et humide.

— Nous avons le plein de réservations, ce soir. Demain aussi. Et toute la semaine. *Le Gourmet à la scie* a plus de succès que je ne l'aurais imaginé.

— Tu fais des affaires en or, je parie.

— On peut le dire.

— Alors... tu l'as apporté ?

Algernon sourit et sortit de la poche de son manteau une enveloppe brune froissée qu'il tendit à Guy. Harriet les observait, intriguée, depuis la porte d'entrée. Elle savait ce que contenaient en général les enveloppes brunes qui passaient dans les mains de son père. De toute évidence, le dénommé Algernon lui donnait de l'argent. Et beaucoup, à en juger par l'épaisseur de l'enveloppe. Pourtant c'était Algernon qui emmenait Harriet pour s'occuper d'elle. Il aurait donc été plus logique que ce soit Guy qui le paie !

Guy empocha l'argent.

— Où est-elle ? demanda Algernon.

— Harriet ! cria Guy.

Harriet souleva ses deux valises et franchit la porte de la maison pour la dernière fois.

— Je suis là, répondit-elle. Mais tu n'imagines tout de même pas que je vais voyager dans cette camionnette minable...

Guy se renfrogna. Mais Algernon parut ne pas l'avoir entendue. Il enveloppa Harriet d'un regard difficile à définir. Ce qu'il voyait lui plaisait manifestement. Il était heureux. Mais il y avait autre chose. Une sorte d'avidité. Harriet pouvait presque sentir ses yeux lui parcourir le corps.

Elle posa ses valises et grimaça quand Algernon lui caressa la joue d'un doigt.

— Elle est parfaite, dit-il de sa voix douce. Vraiment parfaite. Du premier choix. Elle fera très bien l'affaire.

— Qu'est-ce que je ferai ? s'enquit Harriet.

— Ça ne te regarde pas, rétorqua Guy.

Pendant ce temps, Hilda était sortie. Elle tremblait. Harriet remarqua qu'elle refusait de regarder le visiteur.

— Il est temps de partir, déclara Guy.

Algernon sourit à Harriet. Il avait des dents atroces. Jaunes, irrégulières et – ce qui était pire – étrangement pointues. Elles ressemblaient davantage à celles d'un animal.

— Monte, ordonna-t-il. Nous avons de la route à faire.

Sur ce, Hilda fondit en larmes.

— Tu n'embrasses pas ta maman ? gémit-elle.

— Non, répondit Harriet.

— Au revoir, dit Guy.

Il voulait en finir aussi vite que possible.

Harriet grimpa sur le siège de la camionnette tandis qu'Algernon mettait les valises à l'arrière. La banquette avant était recouverte de plastique bon marché et déchiré par endroits, qui laissait s'échapper le rembourrage. Le sol était jonché de détritus : papiers de bonbons, vieilles factures, paquet de cigarettes vide. Harriet voulut abaisser la vitre, mais la poignée refusa de tourner.

— Au revoir, maman ! Au revoir, papa ! cria-t-elle à travers la vitre. Je n'ai jamais aimé cette maison et je ne suis pas fâchée d'en partir. On se reverra peut-être un jour, quand je serai grande !

— J'en doute...

Était-ce vraiment ce que son père avait dit ? En tout cas c'est ce qu'elle crut entendre. Elle détourna la tête d'un air dédaigneux.

Algernon avait pris place à côté d'elle. Il devait replier son grand corps pour le caser derrière le volant. Sa tête touchait le plafond. Il mit le contact et la camionnette démarra. Harriet ne jeta pas un regard en arrière. Elle ne voulait pas que ses parents imaginent qu'ils allaient lui manquer.

Algernon et Harriet n'échangèrent pas un mot avant d'avoir rejoint l'autoroute qui menait à Londres. Harriet avait cherché l'autoradio, espérant écouter un peu de musique. Mais le poste avait été volé. Les fils arrachés pendaient sous le tableau de bord. Elle sentait qu'Algernon l'examinait du coin de l'œil tout en conduisant. Au bout d'un moment cela l'irrita et elle rompit le silence :

— Parlez-moi un peu de votre restaurant.

— Que veux-tu savoir ? dit Algernon.

— Je ne sais pas...

— C'est un établissement très huppé et sélectif. En fait, il est tellement sélectif que peu de gens le connaissent. Pourtant il est plein chaque soir. Nous ne faisons pas de publicité mais les clients se passent le mot. C'est ce qu'on appelle « le bouche à oreille ». Oui, le bouche à oreille, c'est exactement l'expression qui convient.

Il dit cela d'un ton inquiétant. À nouveau il se passa la langue sur les lèvres. Il souriait pour lui-même, comme à une plaisanterie secrète.

— C'est un restaurant cher ? demanda Harriet.

— Très cher. Le plus cher de Londres. Sais-tu combien coûte un dîner pour deux ?

Harriet haussa les épaules.

— Cinq cents livres. Sans compter les vins.

— C'est de la démence ! s'écria Harriet. Personne ne paie aussi cher pour un dîner à deux !

— Au contraire, mes clients sont ravis de payer. Vois-tu...

Algernon esquissa un sourire. Ses yeux ne quittaient pas la route. Il poursuivit :

— Certaines personnes gagnent beaucoup d'argent. Les vedettes de cinéma, par exemple. Les banquiers, les hommes d'affaires. Ils possèdent des millions et des millions, et il faut bien qu'ils les dépensent. Ces gens-là se moquent de payer cent livres pour quelques cuillerées de caviar, ou plusieurs milliers pour une bouteille de vin ! Ils vont dans les restaurants les plus chics et se moquent de l'addition du moment que leur repas est cuisiné par un chef renommé, que le menu est écrit en français et que les ingrédients viennent, à grands frais, de tous les coins du monde. Tu me suis, ma chère ?

— Ne m'appelez pas « ma chère ».

Algernon gloussa.

— Mais, reprit-il, arrive un moment où ces gens riches ont goûté tout ce qui se mange sur Terre. Le meilleur saumon fumé et le steak le plus tendre. Toutes les épices et tous les ingrédients. Oh, bien sûr, il existe mille manières d'accommoder les plats. Pigeon farci à la marmelade d'oranges et au foie gras. Bar fumé aux échalotes et aux champignons *shitki*. Bref, un jour, ils ont l'impression d'avoir tout connu. Ils ont l'estomac fatigué. Ils recherchent des expériences culinaires nouvelles. C'est alors qu'intervient *Le Gourmet à la scie*.

— Pourquoi avoir choisi un nom aussi idiot pour votre restaurant ?

— C'était le surnom d'un homme célèbre, répondit Algernon, absolument pas vexé par la remarque délibérément désobligeante de Harriet. Il vivait en Écosse au début du siècle. Il avait des goûts très spéciaux...

— J'espère que vous n'attendez pas de moi que je travaille dans votre restaurant.

— Travailler ? sourit Algernon. Oh non. Mais j'attends que tu y fasses ton apparition. En réalité, j'ai l'intention de te présenter au dîner de ce soir...

Le rêve de Harriet fit un bond en avant et, soudain, ils se retrouvèrent à Londres. Ils roulaient dans King's Road, en direction de Chelsea. Et tout à coup le restaurant fut là ! Harriet découvrit un petit immeuble en briques blanches, avec le nom écrit en lettres rouges au-dessus de la porte. Le restaurant n'avait pas de fenêtres, ni de menu affiché dehors. D'ailleurs, si Algernon ne le lui avait pas indiqué, Harriet ne l'aurait même pas remarqué. Algernon mit son clignotant et la camionnette s'engagea dans une ruelle qui contournait le bâtiment.

— C'est ici que vous habitez ? s'enquit Harriet. C'est ici que je vais vivre ?

— Pour quelques heures, répondit Algernon.

Il s'arrêta au bout de l'impasse dans une petite cour cernée de tous côtés par de hauts murs de briques. Il y avait une rangée de poubelles et une porte en fer munie de plusieurs verrous.

— Nous y voilà, annonça Algernon.

Harriet descendit de la camionnette. À cet instant, la porte en fer s'ouvrit et un homme petit et grassouillet, entièrement vêtu de blanc, apparut. Il paraissait être japonais. Sa peau était jaune et ses yeux bridés. Une toque de chef tenait en équilibre sur sa tête. Il sourit et trois dents en or étincelèrent dans le soleil de l'après-midi.

— Vous l'avez eue ! s'exclama-t-il avec un fort accent oriental.

— Oui, répondit Algernon, qui s'était extrait de la camionnette. Voici Harriet.

— Vous connaissez son poids ? demanda le cuisinier.

— Je ne l'ai pas encore pesée.

Le cuisinier évalua Harriet du regard. Elle commençait à se sentir de plus en plus mal à l'aise. À la façon dont cet homme l'examinait... elle se faisait l'effet d'une pièce de viande.

— Très bonne, murmura le cuisinier japonais.

— Jeune et très gâtée, acquiesça Algernon.

135

Algernon esquissa un geste vers la porte et ajouta :

— Par ici, ma chère.

— Et mes valises ?

— Tu n'en auras pas besoin.

Harriet était nerveuse. Elle n'aurait pu dire pourquoi, mais c'était le fait de ne rien savoir qui la rendait le plus mal à l'aise. Peut-être le nom, aussi : *Le Gourmet à la scie*. En y réfléchissant, ce nom lui disait quelque chose. Elle l'avait entendu à la télévision, ou lu dans un livre. En tout cas elle le connaissait. Mais comment... ?

Elle se laissa guider par les deux hommes à l'intérieur du restaurant, et sursauta quand la porte de fer se referma derrière elle. Ils étaient dans une cuisine rutilante, entièrement carrelée de blanc, avec des fours et des plaques de cuisson professionnels, des marmites et des poêles à frire étincelantes. Le restaurant était fermé. Il était environ trois heures de l'après-midi. Le déjeuner était terminé. Le dîner était encore loin.

Elle se rendit compte qu'Algernon et le chef l'observaient en silence, l'un et l'autre avec le même regard brillant et avide. *Le Gourmet à la scie*: Où avait-elle entendu ce nom ?

— Elle est parfaite, conclut le chef japonais.

— C'est bien ce que je pensais, approuva Algernon.

— Un peu grasse, peut-être...

— Je ne suis pas grasse ! protesta Harriet. De toute façon, cet endroit ne me plaît pas du tout. Je veux rentrer chez moi. Vous pouvez me reconduire tout de suite ?

Algernon rit doucement.

— Il est trop tard. Beaucoup trop tard. J'ai versé une grosse somme d'argent pour toi, ma chère. Et, comme je te l'ai dit, je veux te présenter au dîner de ce soir.

— Nous pouvons commencer par la pocher dans du vin blanc, proposa le chef. Ensuite, avec une sauce béarnaise...

C'est alors que la mémoire revint brutalement à Harriet. *Le Gourmet à la scie* ! Elle avait lu son histoire dans un recueil de nouvelles d'horreur.

Le Gourmet à la scie.

Le cannibale.

Elle ouvrit la bouche pour crier mais aucun son ne sortit. Évidemment, il est impossible de crier quand on fait un mauvais rêve. Vous essayez de hurler mais votre bouche ne vous obéit pas. Vous n'émettez aucun son. C'était ce qui arrivait à Harriet. Elle sentait le cri monter en elle. Elle voyait le chef et Algernon se rapprocher. La pièce tournait, les marmites et les casseroles dansaient autour de sa tête. Et ce cri qui ne voulait pas sortir. Ensuite, elle fut aspirée dans un tourbillon et la seule image dont elle se souvint fut une main qui se tendait vers elle pour lui éviter de se cogner et de se blesser en tombant.

Heureusement, c'est à ce moment qu'elle se réveilla.

Quel horrible cauchemar !

Harriet ouvrit lentement les yeux. Ce fut l'instant le plus délicieux de sa vie. Savoir que tout ce qui venait de se produire ne s'était *pas* produit ! Son père n'avait pas fait faillite. Ses parents ne l'avaient pas vendue à un horrible bonhomme en camionnette blanche. Fifi serait là pour l'aider à s'habiller et lui servir le petit déjeuner. Elle se préparerait pour aller à l'école et, dans quelques semaines, elle partirait avec sa mère pour une croisière dans les Caraïbes. Cela l'agaçait qu'un rêve aussi ridicule l'ait à ce point effrayée. Mais il fallait admettre qu'il était extrêmement réaliste.

Elle souleva une main pour se frotter le front.

Ou plutôt elle essaya.

Ses mains étaient attachées derrière son dos. Harriet ouvrit tout grand les yeux. Elle était allongée sur une dalle de marbre, dans une cuisine. Une énorme marmite mijotait sur une cuisinière. Un chef japonais hachait des oignons avec un couteau étincelant.

Harriet ouvrit la bouche.

Cette fois, elle réussit à hurler.

6

Peur

Gary Wilson était perdu. Il avait chaud, il était fatigué, il était en colère. Il avançait à marche forcée à travers un champ qui ressemblait très exactement à celui d'où il venait et à celui qu'il apercevait devant lui. Il maudit la campagne, il maudit sa grand-mère qui habitait la campagne, et surtout il maudit sa mère de l'avoir arraché à leur confortable maison de Londres et propulsé dans cet endroit. Une fois rentré à la maison, il le lui ferait payer cher, ça c'était sûr. Mais où était la maison ? Comment s'était-il débrouillé pour se perdre ?

Il fit halte pour la énième fois afin d'essayer de se repérer. Si au moins il y avait eu une colline, il aurait pu monter au sommet et tenter d'apercevoir le cottage rose de sa grand-mère. Mais on était dans le Suffolk, la région la plus plate d'Angleterre, où les petites routes se dissimulent derrière de petits prés, où l'horizon est toujours plus loin qu'il n'en a l'air.

À quinze ans, Gary était grand pour son âge. Il affichait en permanence la mine renfrognée et le regard féroce des petits durs de collège qui ont fait leurs preuves. Il n'était pas solidement bâti, il était même plutôt mince, mais il avait des bras longs, des poings solides, et il savait s'en servir. Peut-être était-ce ce qui le mettait tellement en rage en ce moment ? Gary aimait contrôler la situation. Il savait se débrouiller seul. Si on l'avait aperçu maintenant, trébuchant dans un champ désert au milieu de nulle part, on se serait moqué de lui. Et bien sûr il aurait dû se venger des rieurs.

Personne ne riait de Gary Wilson. Ni de son physique, ni de sa place en classe (toujours dernier), ni de l'acné qui avait récemment explosé sur son visage. En général les gens l'évitaient – ce qui lui convenait très bien. Il aimait s'attaquer aux autres enfants, leur piquer l'argent de la cantine ou déchirer les pages de leurs livres. Mais il prenait surtout plaisir à les terroriser. Il aimait ce qu'il voyait alors dans leurs yeux. La peur. Gary adorait ça.

Arrivé à peu près au premier quart du champ, son pied s'enfonça dans un trou d'eau et il bascula en avant, les bras écartés. Il parvint à éviter la chute, mais sa cheville se tordit et une violente douleur lui parcourut la jambe. Il jura en silence, lâchant les cinq lettres qui indisposaient toujours sa mère et la faisaient se tortiller nerveusement sur sa chaise. Elle avait depuis longtemps renoncé à lui interdire les gros mots. Gary était aussi grand qu'elle et il savait que, à sa manière calme et tranquille, elle aussi avait peur de lui. Parfois elle tentait de le raisonner, mais l'époque où elle lui imposait d'obéir était révolue depuis longtemps.

Il était son unique enfant. Son mari, Edward Wilson, avait travaillé dans une agence bancaire jusqu'au jour où, subitement, il était tombé raide mort. Il tenait encore son tampon dateur dans la main quand ses collègues l'avaient découvert. Gary ne s'était jamais entendu avec son père et n'avait guère été affecté par sa disparition, surtout quand il avait compris que c'était lui, désormais, l'homme de la maison.

La maison en question faisait partie d'une rangée de pavillons mitoyens, avec deux pièces en bas et deux chambres à l'étage, dans le quartier de Notting Hill Gate. Grâce à la police d'assurance et à la petite pension versée par la banque, Jane Wilson avait pu la conserver. Néanmoins elle avait dû se remettre à travailler pour assurer leur subsistance. Inutile de préciser lequel des deux coûtait le plus cher.

Pas question de vacances à l'étranger. Gary eut beau gémir et se plaindre, Jane Wilson n'avait pu économiser assez d'argent. Mais la mère de Jane vivait dans une ferme du Suffolk et, deux fois par an, en été et à Noël, ils allaient en train à Pye Hall, tout près du petit village d'Earl Soham. Le trajet durait deux heures.

C'était un endroit magnifique. Un chemin de terre partant de la grande route longeait une allée de peupliers, une ferme d'époque victorienne, puis arrivait devant une trouée dans la haie. La route semblait s'arrêter là, mais en réalité elle bifurquait et continuait jusqu'à un petit cottage de guingois, peint d'un rose tendre typique du Suffolk, au milieu d'un pré parsemé de marguerites.

— N'est-ce pas ravissant ? avait dit la mère de Gary en descendant du taxi qui les avait amenés de la gare.

Un couple de corbeaux les survola et alla se poser dans un champ voisin.

Gary avait fait une moue dédaigneuse.

— Pye Hall, avait repris sa mère en soupirant. J'ai été tellement heureuse, ici, autrefois.

Mais où, ici ?

Où était Pye Hall ?

En traversant ce qui était – il s'en apercevait maintenant – un champ gigantesque, Gary grimaçait de douleur à chaque pas. De plus, il commençait à ressentir les premiers picotements de... quelque chose. Il n'avait pas véritablement peur. Il était trop en colère pour cela. Mais il se demandait jusqu'où il devrait marcher avant de savoir où il se trouvait. Et jusqu'où il *pourrait* marcher. Il chassa vigoureusement de la main une mouche qui le harcelait et continua d'avancer.

Gary avait laissé sa mère le persuader de venir à Pye Hall, sachant que, s'il renâclait suffisamment, elle se sentirait obligée de lui acheter quelques CD pour l'amadouer. C'était le moins qu'elle puisse faire. Il avait donc passé le voyage, de Liverpool Street à Ipswich, à écouter du rock *heavy metal* – ce qui l'avait mis d'assez bonne humeur pour donner un rapide baiser sur la joue de sa grand-mère à leur arrivée.

— Comme tu as grandi ! s'était exclamée la vieille dame en le regardant se vautrer dans un fauteuil élimé près de la cheminée. Elle disait toujours cela. Ce qu'elle pouvait être ennuyeuse !

Ensuite, elle avait regardé sa fille et déclaré :

— Tu as maigri, Jane. Et tu as l'air fatigué. Tu n'as aucune couleur.

— Je vais bien, maman.

— Non. Je le vois. Tu n'es pas en grande forme. Mais une semaine à la campagne va te remettre sur pied.

Une semaine à la campagne ! En boitillant à travers le champ, assailli par cette affreuse mouche qui lui tournoyait autour de la tête, Gary songeait avec nostalgie aux rues bétonnées, aux arrêts de bus, aux feux rouges et aux hamburgers. Enfin il atteignit la haie qui séparait le champ du champ voisin, et il tendit les bras pour écarter les feuillages à mains nues. Il vit trop tard les orties qui s'y cachaient. Il poussa un cri et porta les mains à ses lèvres. Un chapelet de cloques blanches apparut sur ses paumes et entre ses doigts.

Qu'y avait-il de si grandiose dans la campagne ?

Sa grand-mère ne cessait de vanter le calme, le bon air, toutes ces idioties habituelles que débitent les gens qui ne reconnaîtraient même pas un zèbre s'ils en croisaient un. Des gens qui n'avaient pas de vie. Les fleurs, les arbres, les oiseaux, les abeilles... Berk !

— Tout est différent à la campagne, affirmait la grand-mère de Gary. Tu vis au rythme des saisons. Tu ne te sens pas bousculé par le temps qui passe. Tu peux imaginer ce qu'était la vie avant que l'homme gâte tout avec son tintamarre et ses machines. À la campagne, tu peux encore sentir la magie des choses. Le pouvoir de Mère Nature. Il est tout autour de toi. Vivant. En attente...

Gary avait écouté la vieille dame en ricanant. Visiblement elle devenait sénile. Il n'y avait aucune magie dans la campagne, seulement des journées qui s'étiraient interminablement et des soirées où il n'y avait rien à faire. Mère Nature ? Elle était bien bonne, celle-là. Même si la brave vieille Mère Nature avait existé – ce qui était peu probable –, il y avait longtemps qu'elle avait été éliminée par les villes et enterrée sous des kilomètres d'autoroutes. Ah... rouler sur l'autoroute à 150 à l'heure, le toit ouvert et le lecteur CD à plein volume ! Pour Gary, c'était *ça* la vraie magie.

Après quelques jours passés à traîner autour de la maison, il s'était laissé convaincre par sa grand-mère d'aller se promener. En réalité, les deux femmes l'ennuyaient mortellement et, loin d'elles, il pourrait fumer une ou deux cigarettes du paquet qu'il avait acheté avec l'argent volé dans le porte-monnaie de sa mère.

— Suis bien les sentiers, Gary, lui avait recommandé Jane.

— Et n'oublie pas le code de la campagne, avait ajouté sa grand-mère.

Gary connaissait parfaitement le code de la campagne. En s'éloignant de Pye Hall, il avait cueilli des fleurs sauvages et les avait réduites en miettes. Il avait délibérément laissé une barrière ouverte, souriant d'avance à la pensée des animaux parqués qui s'égailleraient sur la route. Il avait bu un Coca et jeté la boîte écrasée au milieu d'un parterre de boutons d'or. Il avait à moitié cassé la branche d'un pommier et l'avait laissée pendre au vent. Il avait fumé une cigarette et jeté le mégot incandescent dans des herbes hautes.

Et puis, bien entendu, il s'était écarté du sentier. Mais là, il n'avait peut-être pas eu une très bonne idée. Il s'était perdu presque aussitôt. Il était engagé au milieu d'un champ, piétinant les cultures, lorsqu'il s'était aperçu que le sol devenait meuble et boueux. Ses pieds s'enfonçaient et l'eau recouvrait ses chaussures et trempait ses chaussettes. Grimaçant, Gary avait réfléchi un instant et décidé de rebrousser chemin...

Seulement voilà, le chemin qu'il avait emprunté n'était plus là. Pourtant il aurait dû le voir ! Il avait laissé assez de marques de son passage ! Mais non. La branche cassée, la boîte de Coca, les fleurs arrachées, tout avait disparu. Même ses empreintes de pas étaient invisibles. En fait, Gary ne reconnaissait rien. C'était vraiment étrange.

Et cela remontait à deux heures.

Depuis, les choses avaient empiré. Il avait traversé un petit bois (sachant pourtant qu'il n'y avait pas de bois aux alentours de Pye Hall), et il s'était écorché l'épaule et entaillé la jambe sur des ronces. Un peu plus tard, il avait déchiré sa veste préférée contre un arbre. C'était un blazer noir et blanc à rayures, qu'il avait volé dans la boutique d'une œuvre de charité à Notting Hill Gate.

Il était parvenu à sortir du bois, mais ça n'avait pas été facile. Tout à coup il s'était trouvé devant un cours d'eau qui lui barrait la voie, et le seul moyen de le franchir était de marcher en équilibre sur une bûche posée au milieu. Il avait failli réussir mais, au dernier moment, la bûche avait roulé sous ses pieds et il était tombé dans l'eau à la renverse. Il s'était relevé en crachotant et en jurant. Dix minutes plus tard, il s'était arrêté pour allumer une autre cigarette, mais le paquet était détrempé et inutilisable.

Et maintenant...

Il poussa un cri quand l'insecte, qu'il avait d'abord pris pour une mouche mais qui était en réalité une guêpe, le piqua dans le cou. Il tira sur le col de son tee-shirt sale et mouillé, et loucha pour essayer de voir les dommages. Du coin de l'œil, il aperçut le bord d'une énorme boursouflure rouge. Machinalement, il balança son poids sur son pied blessé et poussa un grognement de douleur. Où donc était Pye Hall ? Tout ça, c'était la faute de sa mère. Et de sa grand-mère. C'était elles qui l'avaient encouragé à se promener. Eh bien, elles allaient le payer cher ! Elles réfléchiraient peut-être à deux fois avant de louer les beautés de la campagne quand elles verraient leur précieux cottage partir en fumée !

C'est alors qu'il l'aperçut. Les murs roses, les cheminées de guingois étaient reconnaissables. Gary avait, sans savoir comment, retrouvé son chemin. Un dernier champ à traverser et il serait à la maison. Avec un sanglot étouffé, il se remit en route. Il y avait une sorte de sentier qui contournait le champ, mais il décida de couper en ligne droite. Le champ venait d'être ensemencé. Tant pis !

Ce champ était encore plus grand que le précédent, et le soleil plus chaud que jamais. Ses pieds s'enfonçaient dans le sol meuble. Il avait l'impression que sa cheville était en feu et, à chaque pas, ses jambes devenaient de plus en plus lourdes. Et la guêpe ne le laissait pas en paix. Elle tournoyait autour de sa tête, avec un bourdonnement qui lui vrillait les oreilles. Mais il était trop fatigué pour essayer de la chasser. Ses bras pendaient mollement le long de ses flancs. L'odeur de la campagne lui emplissait les narines, riche et profonde. Il en avait des nausées. Voilà dix minutes qu'il marchait ainsi. Peut-être plus. Pourtant Pye Hall ne se rapprochait pas. La maison était floue et miroitait comme un mirage. Il se demanda s'il n'avait pas pris une insolation. Il ne faisait pourtant pas si chaud quand il était parti.

Chaque pas devenait plus pénible. Il avait l'impression que ses pieds essayaient de s'enraciner dans le sol. Il jeta un coup d'œil en arrière (le frottement de son col sur la piqûre de guêpe lui arracha un gémissement), et il constata avec soulagement qu'il avait parcouru la moitié du champ.

Une goutte roula sur sa joue et son menton. Sueur ou larme ? Il n'aurait su le dire.

Il était incapable de faire un pas de plus. Un piquet planté dans le sol se dressait devant lui et Gary l'empoigna avec gratitude pour s'y appuyer. Il devait se reposer un petit moment. Le sol était trop mou et humide pour s'y asseoir, aussi préférait-il rester debout en se tenant au piquet. Juste quelques minutes. Ensuite, il traverserait la deuxième moitié du champ.

Ensuite...

Ensuite...

Voyant que le soleil déclinait et que Gary n'était toujours pas de retour, sa grand-mère alerta la gendarmerie. Le gendarme de service nota la description de l'adolescent égaré et, le soir même, ordonna une battue à travers la campagne. Les recherches allaient durer cinq jours. On ne trouva aucune trace de Gary. Les gendarmes pensèrent qu'il était peut-être monté dans une voiture avec un étranger. Peut-être avait-il été enlevé ? Mais personne n'avait rien vu.

— C'est comme si la campagne l'avait avalé, fit remarquer un gendarme.

Finalement, les forces de l'ordre cessèrent les

recherches. Gary assista à leur départ. Il vit sa mère sortir de Pye Hall avec sa valise et monter dans le taxi qui la conduirait à la gare d'Ipswich, d'où elle prendrait le train pour Londres. Il se réjouit qu'elle eût la décence de pleurer, de montrer son chagrin. Mais il ne put s'empêcher de noter qu'elle avait l'air moins fatigué et moins malade qu'à son arrivée.

Jane Wilson ne vit pas Gary. Dans le taxi, elle se retourna pour dire au revoir à sa mère et à Pye Hall. Elle observa qu'il n'y avait plus un seul corbeau dans le champ. Et elle comprit pourquoi. Les oiseaux étaient effrayés par une silhouette dressée au milieu du champ et appuyée sur un piquet. L'espace d'un instant elle crut reconnaître la veste noir et blanc et le tee-shirt. Mais elle se raisonna, pensant qu'elle perdait l'esprit. Mieux valait ne rien dire.

Le taxi accéléra, dépassa le nouvel épouvantail, et longea la rangée de peupliers qui menait à la grande route.

7

Jeux vidéo

Faites carrière dans les jeux vidéo. Recherche personne compétente et enthousiaste pour créer de nouveaux jeux vidéo. Aucun diplôme ni expérience professionnelle exigés. Salaire élevé et primes. Téléphone : 0181 340 1225.

C'était une annonce banale, semblable à toutes celles affichées sur la vitrine du marchand de journaux de son quartier, mais Kevin sut dès le premier coup d'œil que cet emploi lui était destiné. Il avait seize ans, il venait de quitter l'école, et il avait deux signes distinctifs : il ne possédait ni diplôme ni expérience professionnelle.

Kevin adorait les jeux vidéo. Son ordinateur de poche ne l'avait pas quitté un seul jour au long de l'année écoulée, malgré le règlement scolaire, et lorsqu'un professeur excédé avait fini par le lui confisquer au milieu d'un cours de géographie (juste au moment où il allait trouver la dernière étoile d'or dans la *Conquête de la Lune),* il était allé directement en acheter un autre doté d'un écran couleurs, et avait passé la fin du trimestre à jouer avec.

Chaque jour, en rentrant chez lui, Kevin jetait son sac dans un coin, sans se soucier de ses devoirs, et s'installait devant l'ordinateur portable de son père pour une partie de *Half Life* ou de *Diablo,* ou bien devant le sien pour un *Quake III Arena.* La chambre de Kevin regorgeait de magazines et d'affiches sur les jeux vidéo. Il n'avait jamais rencontré la plupart de ses meilleurs amis. Il se contentait d'échanger avec eux des messages sur Internet, en général des tuyaux sur les jeux, les codes secrets et les raccourcis.

Ses relations amicales s'arrêtaient là. Le samedi, Kevin prenait le bus pour Londres et se perdait dans les salles de jeux vidéo. Il en connaissait une, notamment, en plein cœur de Piccadilly, qui s'élevait sur trois étages et qui était équipée de tous les matériels les plus récents. Kevin montait l'escalator, les poches bourrées de pièces d'une livre. Pour lui, il n'existait rien de plus doux au monde que le son d'une pièce de monnaie neuve tombant dans la fente d'un appareil. À la fin de la journée, il rentrait chez lui en titubant, les poches vides, la tête vide, et un sourire béat aux lèvres.

Résultat, il avait quitté l'école sans avoir rien appris. Il avait échoué à ses examens, du moins ceux auxquels il avait pris la peine de se présenter. L'Université était bien entendu hors de question : il n'aurait même pas été capable d'orthographier le mot correctement. Or il s'en apercevait maintenant – les emplois pour les ignorants tels que lui ne couraient pas les rues.

Toutefois il ne s'inquiétait pas particulièrement. Depuis l'âge de treize ans il n'avait jamais manqué d'argent et ne voyait aucune raison que cela change. Kevin était le plus jeune d'une famille de quatre enfants, qui habitait dans une grande maison à Camden Town, au nord de Londres. Son père, un homme tranquille et triste, travaillait de nuit dans une boulangerie et dormait une grande partie de la journée, si bien que Kevin ne le croisait jamais. Sa mère travaillait dans un magasin. Il avait un frère dans l'armée, une sœur mariée, et un autre frère qui se préparait à devenir chauffeur de taxi. Lui-même était voleur. Et un bon.

C'était de cette manière qu'il se procurait l'argent nécessaire pour acheter son matériel informatique et ses jeux. Il avait commencé par du vol à l'étalage, dans les supermarchés, les épiceries du quartier, la librairie et la pharmacie de High Street. Ensuite, il avait rencontré d'autres adolescents qui lui avaient enseigné l'art plus risqué mais plus rentable du vol et du cambriolage de voitures. Il connaissait un pub à Camden Town où il pouvait fourguer un autoradio pour cinq livres, un poste stéréo correct ou une caméra vidéo pour vingt livres, sans qu'on lui pose la moindre question. Kevin ne s'était jamais fait pincer. Et, à condition d'être prudent, il n'imaginait pas se faire prendre.

Il avait aperçu l'annonce en passant devant la boutique du marchand de journaux. Les emplois, plus exactement les emplois honnêtes, ne l'intéressaient pas. Cependant, la formulation de l'annonce attira son attention. À commencer par « *salaire élevé et primes* ». Mais ce n'était pas tout. Il se savait « *compétent* », et « *enthousiaste* » dès qu'il s'agissait de jeux vidéo. Bien sûr, il courait le risque de perdre son temps si ces gens recherchaient un créateur de programmes qualifié. Mais...

Pourquoi pas ? Pourquoi pas ?

C'est ainsi que, trois jours plus tard, il se retrouva devant un bureau dans Ruppert Street, en plein Soho. Il devait rencontrer une certaine Mlle Toe. C'était sous ce nom qu'elle s'était présentée lorsque Kevin lui avait téléphoné d'une cabine publique. Il était tellement content d'obtenir un entretien que, pour une fois, il n'avait pas démoli le téléphone. Mais, maintenant, son assurance faiblissait. L'adresse indiquée correspondait à un immeuble étroit en briques rouges, coincé entre une pâtisserie et un marchand de tabac. La façade était tellement étriquée qu'il passa deux fois devant sans la remarquer. C'était un vieil immeuble, avec des fenêtres crasseuses et une porte qu'on s'attendait plutôt à voir à l'entrée d'un donjon. Il y avait une petite plaque de cuivre sur le côté. Kévin dut se pencher pour la lire :

JEUX GALACTIC S.A.

Ça commençait mal. Kevin lisait une quantité astronomique de magazines spécialisés, pourtant il n'avait jamais lu quoi que ce soit sur ces Jeux Galactic. D'ailleurs, en y réfléchissant, quel producteur de jeux vidéo placarderait une annonce dans la vitrine d'un marchand de journaux de Camden Town ? Et quel genre d'entreprise était-ce pour occuper des locaux aussi minables ?

Il décida de s'en aller. Il fit demi-tour... puis se ravisa. Après tout, puisqu'il était là et qu'il avait payé un ticket de métro (en trichant sur son âge pour bénéficier d'un demi-tarif), autant entrer. Il n'avait rien d'autre à faire. Il en serait quitte pour une partie de rigolade et arriverait peut-être à piquer un cendrier.

Il actionna la sonnette.

— Oui ? dit une voix aiguë et un peu chantante dans l'interphone.

— Je suis Kevin Graham. Je viens pour l'annonce.

— Ah oui. Montez, je vous prie. Premier étage.

Il y eut un bourdonnement. Kevin poussa la porte. Une étroite volée de marches au bout d'un corridor vide montait dans l'obscurité. Les marches étaient de guingois. L'immeuble datait d'une bonne centaine d'années. Dès que le lourd battant se fut refermé derrière lui, tous les bruits de la rue disparurent. À nouveau Kevin songea à rebrousser chemin, mais il était trop tard. Une porte s'ouvrit en haut de l'escalier et une lumière dorée dilua la pénombre, dans laquelle se découpa une silhouette.

— Je vous en prie. Par ici...

Kevin atteignit la porte et s'aperçut qu'elle avait été ouverte par une femme très petite, probablement japonaise, vêtue d'une robe noire unie, avec des hauts talons qui la propulsaient en avant comme si elle allait tomber à plat ventre. Son visage, du moins ce qu'il en vit, était rond et pâle. Des lunettes de soleil noires lui masquaient les yeux. Elle était vraiment très petite. Le haut de sa tête arrivait à peine au menton de Kevin.

156

— Qui êtes-vous ? demanda-t-il.

— Je suis Mlle Toe.

Elle avait un accent étrange. Pas japonais, et certainement pas anglais. Elle parlait en laissant de petits espaces entre chaque mot :

— Je-suis-Mlle-Toe. Nous-nous-sommes-parlé-au-téléphone.

Elle referma la porte. Kevin se retrouva dans une pièce exiguë, avec un petit bureau nu à l'exception d'un téléphone et d'une chaise. Il n'y avait rien d'autre dans la pièce. Les murs, récemment peints en blanc, étaient absolument dépouillés, sans même un calendrier. « Rien à voler, se dit Kevin. Rien ».

— M. Go va vous recevoir maintenant, annonça Mlle Toe.

M. Go et Mlle Toe à Soho. Kevin eut envie de rire mais, pour une raison indéfinissable, il en fut incapable. Tout cela était trop bizarre.

M. Go était assis dans un bureau contigu à celui de Mlle Toe. Kevin eut l'impression de passer à travers un miroir. La pièce était identique à la première, avec des murs blancs, un bureau, un téléphone. Une seule différence : il y avait deux chaises. M. Go mesurait la même taille que sa secrétaire. Lui aussi portait des lunettes noires. Il était habillé d'un gilet un peu trop petit pour lui, et d'un pantalon de velours un peu trop grand. Il se leva avec des mouvements saccadés. Lui aussi laissait des espaces entre chaque mot.

— Entrez, je vous prie, dit M. Go en voyant Kevin sur le pas de la porte.

Il sourit, découvrant une rangée de dents plus argentées que blanches.

— Asseyez-vous !

Il désigna la seconde chaise à Kevin, qui s'y assit, de plus en plus soupçonneux. Décidément, cet endroit était bizarre. Il y avait quelque chose de louche. M. Go plongea la main dans un tiroir de son bureau et en sortit une feuille de papier qui ressemblait à un formulaire. La lecture n'était pas le fort de Kevin et, de toute façon, la feuille était à l'envers. Toutefois il remarqua que le formulaire n'était pas rédigé en anglais. Les mots étaient constitués de dessins plutôt que de lettres, et paraissaient tracés de haut en bas plutôt que de gauche à droite. Il supposa que c'était du japonais.

— Quel est votre nom ? demanda M. Go.

— Kevin Graham.

— Âge ?

— Seize ans.

— Adresse ?

Kevin la lui indiqua.

— Vous avez quitté l'école ?

— Ouais. Il y a deux mois.

— Vous avez votre brevet ?

— Non, répondit Kevin avec mauvaise humeur. Votre annonce disait que vous n'exigiez aucun diplôme. C'était écrit. Alors pourquoi perdre votre temps à me le demander ?

M. Go releva vivement la tête. Il était impossible de l'affirmer car ses yeux étaient dissimulés derrière les lunettes noires, mais il semblait satisfait.

— Vous avez tout à fait raison, admit-il. Tout à fait raison. En effet, aucun diplôme n'est exigé. Aucun. Mais pouvez-vous présenter des références ?

— Quelles références ?

Kevin était vautré sur sa chaise. Il avait décidé qu'il se moquait d'avoir ce travail, et il ne voulait pas que ce Japonais ridicule s'imagine qu'il y tenait.

— Des références de vos professeurs. Ou de vos parents. Ou bien de précédents employeurs. Pour m'expliquer quel genre de personne vous êtes.

— Je n'ai jamais eu d'employeur. Mes professeurs ne vous débiteraient qu'un tas d'idioties. Et je préfère ne pas embêter mes parents. Oubliez les références ! D'ailleurs, qui en a besoin ?

Kevin savait que sa réponse allait mettre un terme à l'entretien. Mais il y avait dans cette pièce vide, et dans ce petit homme qui ressemblait à une poupée, quelque chose qui l'énervait prodigieusement. Il voulait s'en aller. À sa surprise, toutefois, M. Go sourit et hocha vigoureusement la tête.

— Absolument ! acquiesça-t-il. Oublions les références. Bien que vous ne soyez dans mon bureau que depuis vingt-neuf secondes et demie, je peux déjà juger de votre personnalité. Alors, mon cher Kevin... Vous permettez que je vous appelle Kevin ? Je vois que vous êtes exactement le genre de personne qu'il nous faut. Exactement !

— Où sommes-nous, ici ?

— Chez Galactic, répondit M. Go. Les meilleurs inventeurs de jeux vidéo de l'univers. En tout cas les plus en avance de ce côté-ci de la Voie lactée. Nous avons remporté de nombreuses récompenses pour *Smash Crash Slash 500*. Et notre dernière version, *Smash Crash Slash 500 Plus,* sera encore meilleure.

— *Smash Crash Slash* ? répéta Kevin en fronçant les sourcils. Jamais entendu parler.

— Il n'a pas encore été commercialisé. Pas dans cette... région. Mais nous voulons vous faire travailler sur ce jeu. Dans ce jeu. Si vous en avez envie, le poste est à vous.

— Combien vous payez ?

— Deux mille livres par semaine, plus une voiture, plus l'assurance-maladie, plus l'indemnité-funérailles.

— L'indemnité-funérailles ?

— Un petit extra que nous offrons à nos collaborateurs. Bien que, évidemment, vous n'en ayez aucun besoin.

M. Go sortit de sa poche un stylo en or et griffonna quelques notes sur la feuille de papier. Puis il tourna celle-ci pour la présenter à Kevin et ajouta :

— Signez ici.

Kevin prit le stylo. Il était curieusement lourd. Il hésita un instant.

— Vous avez dit « deux mille par semaine ? »

— C'est exact.

— Quel genre de voiture ?

— Celle de votre choix.

— Mais vous ne m'avez pas expliqué ce que j'aurai à faire. Vous ne m'avez donné aucun détail sur ce travail...

— Très bien, dit M. Go avec un soupir. Tant pis. Ce n'est pas grave. Nous trouverons quelqu'un d'autre.

— Attendez...

— Si cela ne vous intéresse pas...

— Ça m'intéresse.

Kevin avait reniflé l'odeur de l'argent. Deux mille livres par semaine et une voiture ! Quelle importance que M. Go soit complètement cinglé, et qu'il n'ait jamais entendu parler de cette société ni de ce jeu ! Comment s'appelait-il déjà... ? *Bash Smash Dash* ? Kevin chercha fébrilement un espace vide sur la feuille de papier et gribouilla son nom :

Kevin Graham...

Bizarrement, en courant sur le papier, le stylo lui

parut devenir brûlant dans sa main. La sensation ne dura qu'une seconde ou deux, juste le temps de signer, mais à peine avait-il terminé que Kevin poussa un cri et lâcha le stylo. Il regarda ses doigts, certain d'y trouver des traces de brûlure. Rien. M. Go ramassa le stylo, le remit tranquillement dans sa poche, et rangea la feuille de papier dans un tiroir du bureau.

— Voilà une affaire entendue, conclut-il. Bienvenue à *Smash Crash Slash 500 Plus*.

— Je commence quand ? demanda Kevin

— Vous avez déjà commencé, répondit M. Go en se levant. Nous vous contacterons très bientôt. Je vous en prie, vous pouvez disposer, ajouta-t-il avec un geste vers la porte.

Kevin s'apprêtait à élever une objection. Il avait même envie de boxer le nez du petit bonhomme. Il verrait un peu qui il était ! Mais sa main le brûlait encore et il avait une envie folle de quitter ce bureau et de respirer l'air de la rue. Il irait peut-être faire un tour dans la salle de jeux de Piccadilly. Ou bien il rentrerait simplement chez lui faire un somme. N'importe quoi plutôt que de rester ici.

Il sortit par où il était entré.

Mlle Toe n'était plus dans son bureau mais la seconde porte était ouverte et il s'en approcha. C'est alors qu'il remarqua une chose étrange. La porte luisait. On aurait dit qu'un néon était intégré dans l'encadrement. Quand il la franchit, la lumière dansa dans ses yeux et l'éblouit.

— Qu'est-ce que c'est que ce truc... ? marmonna-t-il.

Il rentra directement chez lui.

Il y avait peu de monde dans les parages lorsque Kevin s'engagea dans la rue où il habitait. Il était trois heures et demie et la plupart des mères étaient parties chercher leurs enfants à l'école, ou étaient dans leur cuisine en train de préparer le goûter. Du moins celles qui ne travaillaient pas, bien sûr. Cranwell Grove avait la forme d'un croissant. C'était une longue rue paisible de la fin du XIXe siècle, avec des maisons mitoyennes alignées en arc de cercle. La moitié appartenait à un groupement de logements à loyer modéré et le père de Kevin avait eu la chance d'en obtenir un. C'était une maison à deux étages, avec des vitres teintées sur la porte d'entrée et du lierre sur le côté. Bien entendu Kevin détestait cet endroit. Il se disputait avec les voisins. (Pourquoi faisaient-ils tant d'histoires avec leur chat ? Il ne lui avait lancé qu'une brique, il n'y avait pas de quoi en faire un plat !) Et puis c'était beaucoup trop calme à son goût. Trop ennuyeux. Trop petit-bourgeois. Il aurait préféré avoir son propre appartement.

Il venait d'atteindre la porte d'entrée quand il remarqua un homme qui avançait vers lui. En temps normal, Kevin ne prêtait aucune attention aux passants qui marchaient dans Cranwell Grove, mais deux choses singulières chez cet individu piquèrent sa curiosité. La première était qu'il portait un costume. La seconde était la vitesse à laquelle il se déplaçait. Une démarche rapide et mécanique. Il se dirigeait vers la maison de Kevin. Cela ne faisait aucun doute.

La première pensée de Kevin fut qu'il s'agissait d'un policier en civil. Alors qu'il avait déjà engagé la clé dans la serrure, il réfléchit très vite aux semaines qui venaient de s'écouler. Il avait fauché un autoradio dans une BMW garée dans Camden Road. Ensuite, une bouteille de gin dans un magasin de spiritueux près de la gare. Mais personne ne l'avait vu. Se pouvait-il qu'une caméra vidéo l'ait enregistré ? Et même si c'était le cas, comment avaient-ils fait pour le retrouver ?

L'homme était tout près, maintenant, suffisamment près pour que Kevin distingue son visage. Il frissonna. La figure de l'homme était ronde et inexpressive, la bouche formait une ligne mince et horizontale, les yeux étaient aussi inanimés que des billes de verre. L'homme avait subi une opération de chirurgie plastique, qui lui avait laissé plus de plastique que de peau. Ses cheveux eux-mêmes semblaient avoir été peints sur son crâne.

L'homme s'arrêta. Il était à une vingtaine de mètres.

— Qu'est-ce que vous... ? commença Kevin.

L'homme sortit un revolver.

Kevin ouvrit des yeux ronds, plus stupéfait qu'effrayé. Il avait vu des revolvers des centaines de fois à la télévision. Dans les films, les gens passaient leur temps à se trucider. Mais là, c'était différent. Cet homme, ce parfait étranger, était à quelques pas. Il était dans Cranwell Grove et tenait un...

L'homme leva son arme et visa. Kevin poussa un cri et plongea. L'homme tira. La balle frappa la porte, à quelques centimètres au-dessus de sa tête, faisant éclater le bois.

De vraies balles !

Telle fut la première pensée de Kevin. Un vrai revolver, avec de vraies balles. Sa deuxième pensée fut plus horrible encore.

L'homme le visa à nouveau.

En plongeant à couvert, Kevin s'était machinalement agrippé à la clé. Il la tenait encore. Sans réfléchir, il la tourna dans la serrure et faillit pousser un cri de soulagement quand il sentit le battant s'ouvrir derrière lui. Il fit un roulé-boulé à l'intérieur, juste au moment où l'homme faisait feu. Cette fois, la balle s'encastra dans le mur et des éclats de brique lui tombèrent sur la tête.

Kevin atterrit sur le tapis du vestibule, se retourna

d'un bond, et claqua la porte. Il resta là un instant, haletant, le cœur battant à tout rompre. Ce n'était pas à lui que cela arrivait. Mais *quoi* ? Qu'est-ce qui ne lui arrivait pas ? Il s'efforça de mettre ses idées au clair. Un dingue s'était échappé d'un asile et se promenait dans Cranwell Grove en tirant sur tout ce qui bougeait. Non. Ce n'était pas ça. L'homme s'était dirigé droit vers lui. Il n'y avait aucun doute possible. C'était lui que l'homme voulait tuer.

Mais pourquoi ? Qui était-il ? Pourquoi lui ?

Il entendit des bruits de pas à l'extérieur. L'homme n'avait pas renoncé ! Il se rapprochait. Kevin jeta un regard désespéré autour de lui. Était-il seul dans la maison ?

— Maman ! Papa !

Pas de réponse.

Il vit le téléphone. Il aurait dû y songer tout de suite. Un fou dangereux rôdait dehors et il avait perdu de précieuses secondes au lieu d'appeler immédiatement la police. Il arracha brutalement le récepteur, mais avant qu'il eût le temps de composer le premier chiffre, une volée de coups de feu explosa autour de lui. Il contempla la porte d'un regard horrifié. Le battant semblait se déchiqueter tout seul, mais il savait que l'homme, de l'autre côté, mitraillait la serrure. Il vit la poignée et la serrure secouées de soubresauts, puis tomber sur le tapis. La porte s'ouvrit.

Kevin fit la seule chose qui lui vint à l'esprit. Il empoigna la table sur laquelle se trouvait le téléphone et la projeta de toutes ses forces. Il eut de la chance. L'homme apparut sur le seuil à l'instant précis où la table volait à sa rencontre. Il la reçut en plein visage et tomba à la renverse.

Kevin, incapable de bouger, reprit sa respiration. Il était sous le choc. Il entendait encore les balles siffler à ses oreilles. La tête lui tournait. Qu'allait-il faire ? Ah oui. Appeler la police. Mais la prise du téléphone s'était arrachée quand il avait lancé la table. Il y avait un deuxième poste dans la chambre de ses parents, mais il ne pouvait y accéder car la porte serait fermée à clé. Sa mère la verrouillait depuis qu'elle avait surpris Kevin en train de voler de l'argent dans son sac.

Heureusement, il lui restait la solution de la cabine publique au bout de la rue. Autant y aller que de rester dans la maison, car l'homme risquait de reprendre conscience d'un instant à l'autre. Et mieux valait ne pas se trouver dans les parages quand il se réveillerait. Kevin enjamba son corps inerte et sortit.

Mais il s'arrêta net.

Dans la rue, un deuxième homme marchait dans sa direction. Le plus étrange, et ce qui rendait toute cette histoire cauchemardesque, était que cet homme ressemblait trait pour trait au premier.

D'ailleurs il faisait plus que lui ressembler, il était son sosie. On aurait dit deux mannequins dans la même vitrine. En d'autres circonstances, cela aurait fait rire Kevin. Même costume sombre. Même visage neutre et « plastifié ». Même démarche. Et maintenant l'homme plongeait la main dans sa poche pour sortir...

... le même revolver, lourd et argenté.

— Allez-vous-en ! hurla Kevin.

Il fit un bond en arrière à l'intérieur de la maison. La balle perfora le verre épais de la porte d'entrée et termina sa course dans un tableau accroché dans le vestibule.

Cette fois, Kevin était sans défense. Il avait déjà utilisé la table du téléphone comme projectile, et, hormis le parapluie de sa mère, il n'y avait rien d'autre à sa portée. Il devait fuir. C'était la seule solution. Il avait été attaqué par un fou, et voilà que ce fou avait un frère jumeau.

Kevin traversa le hall et monta l'escalier en courant. Il trébucha en voulant jeter un coup d'œil en arrière. Il avait conscience d'une présence. L'homme était là, dans l'encadrement de la porte, et il tirait sur lui. La balle atteignit Kevin à l'épaule. Kevin poussa un cri et sauta par la fenêtre.

L'ennui, c'est qu'il n'avait pas eu le temps de l'ouvrir avant de sauter. Le verre et le bois volèrent en éclats. Aveuglé, il se précipita dans le vide et atterrit à quatre pattes sur le toit d'un appentis adossé à la cuisine, au bout du jardin. Il avait mal au poignet et s'aperçut qu'il s'était blessé. Du sang coulait entre le pouce et l'index. Grimaçant, il ôta un morceau de verre de sa peau. Par chance, il ne s'était pas cassé une jambe.

Car il allait en avoir besoin.

D'où il était, accroupi sur le toit, il voyait toutes les arrière-cours des maisons, et pas seulement celles de Camden Grove mais aussi celles d'Addison Road, la rue parallèle. Tous les rectangles de pelouse, nets et verts, étaient délimités par des murs délabrés et ponctués par des serres, des hangars, des abris de jardin et des barbecues. Il n'eut pas le temps de profiter de la vue. Il redressa la tête et les aperçut : une demi-douzaine d'hommes armés, tous parfaitement identiques aux deux premiers. Ils se frayaient un chemin par les jardins, escaladaient les clôtures, traversaient les pelouses.

— Oh non..., gémit Kevin

Derrière lui, l'homme qui avait fracassé la porte d'entrée apparut dans l'encadrement de la fenêtre brisée et le visa de son arme. Kevin bondit et atterrit sur la pelouse. La chute lui coupa le souffle et il resta un instant étourdi et désorienté. L'homme à la fenêtre fit feu. La balle déchiqueta un tournesol. Kevin se releva d'un bond et courut vers le fond du jardin. Il se hissa par-dessus la clôture et dégringola, avec un cri de rage, dans le bassin à poissons rouges du voisin.

Il était trempé. Son épaule le lançait douloureusement, son poignet entaillé par le verre le brûlait, il avait la nausée et se sentait complètement désemparé, mais la peur le poussa à réagir. Il se rendit brusquement compte que, depuis le début de ce cauchemar, aucun mot n'avait été prononcé. Une dizaine d'hommes en costume le pourchassaient, mais aucun d'eux n'avait parlé. Et en dépit des détonations au beau milieu de ce paisible après-midi d'été, aucun des habitants de Cranwell Grove n'était sorti pour voir ce qui se passait. Jamais Kevin ne s'était senti aussi seul.

Dégoulinant, il traversa le jardin des voisins et franchit d'un bond le muret qui le séparait du suivant. Celui-ci avait un portail, qu'il ouvrit, et il déboucha dans une ruelle étroite menant à la rue principale. En boitillant (il avait dû se fouler la cheville), il courut jusqu'au bout de la rue, juste à temps pour sauter dans un bus qui démarrait de l'arrêt. Il se laissa choir avec soulagement sur un siège. Le véhicule prit de la vitesse et Kevin jeta un regard en arrière par la vitre. Quatre des hommes en costume, à moins qu'il ne s'agisse de quatre nouveaux poursuivants, étaient apparus dans Cranwell Grove et se mêlaient à un groupe de gens rassemblés au milieu de la rue. Quatre mannequins sortis tout droit des vitrines de C&A, songea Kevin. Malgré tout, il éprouva un petit pincement de plaisir. Qui que soient ces hommes, il les avait battus. Distancés.

C'est alors qu'il entendit les motos.

Elles surgirent de nulle part en rugissant, dépassèrent les quatre hommes en costume, et foncèrent vers le bus. Kevin en compta neuf. Des machines énormes, avec des chromes rutilants et de gros pneus noirs. Les neuf motards étaient vêtus d'une tenue de cuir mauve qui les recouvrait de la tête aux pieds. Ils portaient des casques argentés, avec une visière noire qui leur dissimulait totalement le visage.

— Bon sang..., murmura Kevin

Aucun passager de l'autobus ne semblait l'avoir remarqué. Malgré ses vêtements sales et mouillés, ses cheveux en désordre et son visage en sueur, tout le monde l'ignorait. Même le receveur de l'autobus le frôla avec un sourire absent.

Que lui arrivait-il ?

Que se passait-il ?

La première moto parvint à la hauteur du bus. Le conducteur glissa une main dans son dos et sortit une arme d'un énorme baudrier sanglé sur ses épaules. Kevin le contempla, bouche bée. Le motard tenait une sorte de bazooka, un tube long de trois mètres et gros comme un tronc d'arbre. Kevin laissa échapper un cri. Il tendit le bras pour tirer sur la sonnette d'alarme. Le motard tira.

L'explosion fit voler plusieurs vitres en éclats. Une vieille dame qui tenait un journal fut éjectée de son siège. Kevin la vit propulsée de l'avant à l'arrière du bus, où elle retomba sur une banquette, sans cesser de lire. Le bus fit une embardée, monta sur le trottoir et enfonça la vitrine d'un supermarché. Kevin se masqua les yeux et cria. Il sentit tout vaciller et tournoyer autour de lui tandis que le bus glissait sur le sol carrelé dans un hurlement de freins. Quelque chose de doux lui heurta l'épaule et il ouvrit un œil : une avalanche de papier toilette cascadait sur lui à travers le trou percé par le projectile du motard. Le bus continua sa course folle à l'intérieur du super-marché, parmi les céréales de petit déjeuner, les produits laitiers et la boulangerie, avant de s'arrêter enfin dans le rayon des aliments pour chiens.

Kevin ouvrit l'autre œil, ravi qu'il soit encore là. Il était enseveli sous du verre brisé, des fragments de plâtre, de la poussière et du papier toilette. Les autres passagers étaient toujours assis à leurs places et regardaient par les vitres. C'est à peine s'ils parais-saient surpris que le conducteur eût décidé de prendre un raccourci par le supermarché.

— Mais enfin qu'est-ce qu'il vous prend ! brailla Kevin. Vous ne voyez donc pas ce qui se passe ? Per-sonne ne dit rien. La vieille dame qui avait été éjectée de son siège tourna une page de journal et lui adressa un sourire vague.

À l'extérieur du supermarché, les motos attendaient, garées en un demi-cercle parfait. Les motards descendirent de leurs engins et se dirigèrent lentement vers ce qui restait de la vitrine. Kevin laissa échapper un sanglot et se leva d'un bond. Il eut tout juste le temps de s'extirper du fatras qui encombrait le bus avant que le véhicule tout entier disparaisse dans un déluge d'explosions. Les bazookas le déchiquetèrent comme s'il n'était rien d'autre qu'une grosse boîte rouge en carton.

Comment Kevin parvint à sortir du supermarché ? mystère. Il ne distinguait quasiment rien au milieu du chaos et du nuage de poussière, le vacarme des bazookas l'assourdissait. Il savait seulement qu'il devait survivre. D'une manière ou d'une autre. Il sauta par-dessus le comptoir des fromages, mais pas assez loin. Un de ses pieds dérapa dans un camembert et il faillit tomber à la renverse. Il aperçut une porte en face de lui et il s'élança. Non seulement sa cheville foulée le faisait souffrir, mais maintenant elle empestait le fromage. La porte donnait sur une réserve, laquelle s'ouvrait sur une plate-forme de déchargement. Deux hommes en blouse blanche débardaient une livraison de viande fraîche. Ils ne firent aucune attention à lui.

De la viande fraîche. Soudain, Kevin comprit ce qu'il ressentait.

Il réussit par miracle à rejoindre Camden High Street, en faisant des détours par des ruelles, en se cachant derrière des voitures en stationnement, scrutant désespérément les alentours à la recherche des hommes en costume ou des motards. Trois hélicoptères jaunes tournoyaient dans le ciel et Kevin devina brusquement qu'eux aussi étaient dans le coup. Intuition, peut-être. Ou peut-être parce qu'ils portaient les mots « *Tuer Kevin Graham* » en lettres rouges sur la carlingue. En tout cas ils étaient des ennemis. Ils le cherchaient.

L'un des motards l'aperçut devant Waterstones et tira un projectile qui le manqua de justesse, mais détruisit totalement la librairie et joncha la rue de livres enflammés. Kevin faillit périr quelques secondes plus tard : l'un des hélicoptères lança un missile air-sol à tête chercheuse. Normalement, le missile aurait dû se repérer à la chaleur du corps de Kevin et le désintégrer. Mais Kevin eut de la chance. Il se trouvait devant un magasin d'électricité et le missile, désorienté par les articles électriques exposés dans la vitrine, se trompa de cible au dernier moment : il esquiva Kevin pour se détourner sur le magasin, l'anéantissant entièrement, ainsi que trois autres boutiques situées dans la même galerie commerciale. Kevin fut soufflé à plusieurs mètres par la force de l'explosion, mais sans blessure grave.

À neuf heures du soir, il ne restait plus rien de High Street. Tout était en l'air, au sens propre du terme. La plupart des magasins étaient réduits à des tas de gravats. Les arrêts d'autobus et les réverbères étaient sectionnés en deux, les boîtes à lettres déracinées, les bureaux préfabriqués « défabriqués » et démolis. Et lorsque l'horloge sonna neuf heures, elle fut elle-même frappée par une tête thermonucléaire tirée par un des hélicoptères et réduite en miettes. Une seule satisfaction : les motards en cuir mauve n'étaient plus en vue. De toute façon il était impossible de rouler dans Camden High Street autrement qu'en tracteur. Il ne restait rien de l'avenue, sinon une succession d'énormes cratères. L'ennui, c'est que les motos avaient cédé la place à une troupe de dragons volants, verts et argent, dotés de queues de scorpion, de griffes acérées comme des lames de rasoir, et d'yeux pareils à des projecteurs. Les dragons réduisaient en cendres tout ce qui bougeait. Mais rien ne bougeait. La nuit était tombée et, avec elle, Camden Town.

Kevin Graham était tapi dans un cratère de bombe. Ses vêtements étaient en lambeaux (il manquait une jambe entière à son jean), et son corps couvert de sang, frais ou séché. Il avait une entaille au-dessus de l'œil, et un rond de peau chauve à l'arrière du crâne, où une touffe de cheveux avait brûlé. Ses yeux étaient rouges. Il avait pleuré. Les larmes avaient tracé des lignes crasseuses sur ses joues. Il se dissimulait sous un matelas qui avait été soufflé hors d'un magasin de literie. C'était une chance. Le matelas le cachait aux hélicoptères et aux dragons. C'était la seule chose douce qui subsistait en ce monde.

Il s'était probablement assoupi car, tout à coup, il vit la lumière du jour. Le soleil s'était levé. Alentour, tout était silencieux. D'une main tremblante, Kevin repoussa le matelas et se redressa. Il tendit l'oreille un moment, puis se hissa hors du cratère.

Le cauchemar était terminé. L'armée qui avait passé la journée à essayer de le tuer avait disparu. Il se dégourdit les jambes, offrit son dos à la tiédeur du soleil, et contempla autour de lui les décombres fumants qui avaient été un faubourg prospère du nord de Londres. Aucune importance. Au diable Camden Town. Il était vivant !

Et il avait enfin compris ce qu'il devait faire.

Il devait retourner dans Londres et retrouver les bureaux de Galactic. Il devait expliquer à M. Go que tout cela était une regrettable erreur, qu'il ne voulait pas faire carrière dans les jeux vidéo, qu'il n'était pas intéressé par *Smash Crash Slash 500 Plus,* même si c'était le jeu le plus populaire de l'univers. Et le mot n'était pas trop fort. Maintenant il le savait. Il se demandait seulement de quelle partie de l'univers venait M. Go.

Voilà ce qu'il lui restait à faire. M. Go comprendrait. Il déchirerait le contrat et tout serait terminé.

Kevin fit un pas, et s'immobilisa.

Dans le ciel, il entendit un bruit de tonnerre. L'espace d'un instant, le vacarme fut assourdissant. Un étrange roulement, suivi de coups retentissants, puis un silence, et enfin un fracas métallique.

Un orage d'été ?

À l'extrémité du champ de bataille, apparut un homme en costume noir, qui se mit à marcher à sa rencontre.

Kevin sentit ses genoux se dérober sous lui. Les larmes lui montèrent aux yeux. Un sanglot lui noua la gorge. Il connaissait très bien ce son. Beaucoup trop bien.

C'était le son d'une salle de jeux vidéo.

Quelqu'un, quelque part, venait de mettre une nouvelle pièce dans l'appareil.

8

L'homme au visage jaune

Je voudrais vous expliquer comment tout ceci est arrivé. Mais ce n'est pas facile. Cela remonte à très longtemps et, même si j'y pense souvent, il y a certaines choses que je ne comprends pas. Peut-être ne les comprendrai-je jamais ?

D'abord, pourquoi suis-je entré dans cet appareil ? Je parle de la cabine de Photomaton. Celle-ci se trouvait sur le quai n° 1 de la gare de York. Quatre clichés pour deux livres cinquante. Elle s'y trouve probablement encore, si l'envie vous prend d'aller y jeter un coup d'œil. Mais je ne peux pas l'affirmer puisque je n'y suis jamais retourné. Quoi qu'il en soit, j'étais sur ce quai avec mon oncle et ma tante. Nous attendions le train pour Londres, nous avions vingt minutes d'avance, et j'avais environ trois livres sur moi. C'était tout ce qui me restait de mon argent de poche. J'aurais pu retourner au kiosque à journaux pour acheter une B.D., une barre de chocolat, ou un magazine de jeux. J'aurais pu aller au café nous acheter trois Coca. J'aurais pu aussi les garder. Mais peut-être avez-vous la même réaction que moi, quand vous êtes parti en vacances et que votre mère vous a donné une certaine somme ? Vous vous arrangez pour la dépenser totalement. C'est presque un défi. Peu importe comment vous la dépensez. L'important est qu'il ne reste plus un sou quand vous rentrez chez vous.

Pourquoi les photos ? J'avais treize ans et j'étais ce qu'on appelle « plutôt mignon ». Du moins c'est ce que pensaient les filles. Cheveux blonds, yeux bleus, ni gros ni maigre. Mon apparence comptait : il me fallait le bon jean, les bonnes baskets, ce genre de choses. Mais ce n'était tout de même pas crucial pour moi. Ce que je veux dire, c'est que je ne me suis pas fait photographier pour épingler ma tête sur le mur de ma chambre ni pour montrer quel beau gosse j'étais.

Je me suis tout simplement fait photographier.

Sans savoir pourquoi.

C'était la fin d'un long week-end à York. J'étais avec mon oncle et ma tante parce que, à Londres, mes parents réglaient avec calme et efficacité les derniers détails de leur divorce. La menace planait depuis déjà longtemps et cela ne m'angoissait plus vraiment, mais ils imaginaient que je serais bouleversé d'assister au déménagement. Mon père quittait la maison pour s'installer dans un appartement, et même si ma mère conservait la plus grande partie du mobilier, il voulait emporter *son* piano, *ses* livres, *ses* tableaux, *son* ordinateur, et la vieille armoire que lui avait léguée *sa* mère. Subitement, chaque chose devenait à lui ou à elle. Jusqu'à présent c'était tout simplement à nous.

Oncle Peter et tante Anne avaient donc reçu la mission de me divertir pendant le déménagement, et je suppose qu'ils avaient choisi York parce que c'était loin et que je n'y n'étais jamais allé. Mais si le but était de faire diversion, ils échouèrent. D'abord parce que, tout en me promenant dans la cathédrale de York, autour des remparts, ou dans les salles obscures du musée Viking, je ne pensais qu'à mon père et à tout ce qui serait différent sans lui, sans l'odeur de ses cigarettes et le son de son piano désaccordé montant dans la cage d'escalier.

Ce week-end-là on me gâta énormément. Ça n'a rien d'étonnant : plus les parents se sentent coupables, plus ils dépensent d'argent. Et ce divorce, qui bouleversait ma vie et la leur, méritait de grosses compensations. On m'avait donné vingt livres d'argent de poche ! Nous avions séjourné dans un bel hôtel, et non dans un *Bed & Breakfast*. Tout ce que je voulais, je l'avais.

Même ces quatre photos inutiles dans le Photomaton du quai n° 1.

Y avait-il quelque chose d'étrange dans cette cabine ? Ça peut paraître facile de le penser aujourd'hui, mais il me semble pourtant que sur le moment j'ai eu un peu peur. Si vous êtes déjà allé à York en train, vous savez que c'est une belle et vieille gare, avec un toit élancé, des poutrelles en acier et de solides façades en brique. Les quais sont longs et incurvés. Quand vous êtes là, vous imaginez qu'un train à vapeur va arriver. Un train fantôme, peut-être. Car York est à la fois une cité médiévale et une cité victorienne de la fin du XIXe. C'est dire qu'elle a son compte de fantômes.

Toutefois la cabine de Photomaton était moderne. C'était une vilaine boîte métallique, avec des lumières brillantes qui étincelaient derrière les revêtements en plastique. Elle paraissait incongrue sur le quai, comme tombée du ciel. Et elle occupait un emplacement étrange, loin de l'entrée et des bancs où étaient assis mon oncle et ma tante. Peu de gens devaient venir jusqu'à cet endroit du quai. Quand je m'en approchai, je me retrouvai subitement tout seul. Et peut-être est-ce le jeu de mon imagination ? mais j'eus l'impression qu'une brise soudaine s'était levée, comme un courant d'air provoqué par l'arrivée d'un train. Je sentis le vent froid sur mon visage. Pourtant aucun train n'approchait.

Je restai un moment devant la cabine, hésitant sur ce que j'allais faire. Une photo pour la couverture de mon cahier d'exercices. Une photo pour mon père : désormais il me verrait plus souvent en image qu'en vrai. Une photo – grimace pour le frigo... Quelque part derrière moi, les haut-parleurs s'animèrent :

« Le train à l'approche du quai n° 2 partira à 10 h 45 à destination de Glasgow, via Darlington, Durham, Newcastle... »

La voix paraissait lointaine. Bien au-delà de la gare. Comme un borborygme venu du ciel.

J'écartai le rideau et pénétrai dans la cabine de Photomaton.

Il y avait un tabouret circulaire dont on pouvait ajuster la hauteur, et un choix d'arrière-plans : un rideau blanc, un rideau noir, ou un mur bleu. Les concepteurs de l'appareil étaient très inventifs ! Je m'assis et regardai mon reflet dans le carré de verre noir. C'est là que se nichait l'objectif. Je ne voyais mon visage qu'indistinctement. Je discernais une silhouette : mes cheveux tombant sur un œil, mes épaules, le col ouvert de ma chemise. Mais l'image était sombre et, comme la voix des haut-parleurs, lointaine. Ça ne me ressemblait pas.

Ça ressemblait plutôt à mon fantôme.

Ai-je hésité, alors, avant de mettre l'argent ? Je crois, oui. Je n'avais pas vraiment envie de ces photos. C'était de l'argent gaspillé. Mais, d'un autre côté, puisque j'étais là... J'éprouvais une sensation d'oppression dans la cabine, et pourtant seul un mince rideau me séparait du quai. Et puis j'étais un peu nerveux à la pensée de manquer le train. Pourtant il restait une quinzaine de minutes avant qu'il n'entre en gare. Tout à coup, j'eus envie d'en finir.

Je mis les pièces dans la fente.

Pendant un instant rien ne se produisit et je crus que l'appareil était en panne. Puis une lumière rouge, derrière la vitre, dans les profondeurs de la machine, s'éclaira. Un œil diabolique qui me regardait en clignant. La lumière s'éteignit et un flash, accompagné d'une petite détonation sourde, me traversa la tête.

La première photo me prit au dépourvu. J'étais assis là, la bouche entrouverte. Avant le deuxième flash, je réglai rapidement la hauteur du tabouret et tordis mes traits dans la grimace la plus stupide dont j'étais capable. L'œil rouge cligna, suivi par l'éclair du flash. Celle-ci serait pour le frigo. Pour la troisième photo, je tirai le rideau noir derrière moi, m'y adossai, et souris. Celle-là serait pour mon père et je la voulais réussie. La quatrième fut un vrai désastre. J'étais en train de repousser le rideau noir, de régler le siège et de chercher une attitude, quand le flash s'embrasa. Je compris que l'appareil avait photographié mon épaule gauche et ma tête surprise et irritée jetant un coup d'œil par-dessus.

C'était terminé. Mes quatre photos étaient prises.

Je sortis de la cabine et attendis, seul, le développement des clichés. « Trois minutes », promettait l'affiche. Il n'y avait personne dans les parages et je me demandai à nouveau pour quelle raison ils avaient placé le Photomaton si loin de l'entrée de la gare. Un peu plus haut, sur le quai, l'horloge indiqua 10 h 47. L'aiguille des minutes était si grosse que je la voyais se déplacer sur les chiffres romains. Des portières claquèrent de l'autre côté d'un train. Un coup de sifflet retentit. Le 10 h 45 à destination de Glasgow s'ébranla, avec deux minutes de retard.

Les trois minutes durèrent une éternité. Le temps s'écoule toujours lentement quand on attend quelque chose. Je regardai l'aiguille de l'horloge accomplir deux autres tours complets. Un autre train, sans voiture de voyageurs, recula sur une voie de garage. Pendant ce temps, le Photomaton ne faisait rien. Il y avait peut-être des rouages qui tournaient à l'intérieur, des produits chimiques qui se pulvérisaient, des rouleaux de papier qui se dévidaient, mais de l'extérieur cela paraissait inerte.

Puis, sans avertissement, il y eut un ronronnement et l'appareil cracha une bande de papier par une fente latérale. Mes photographies. J'attendis que le ventilateur ait fini de sécher le papier, puis le sortis de sa petite cage de métal. Prenant bien soin de ne pas mettre mes doigts sur les photos, je les retournai.

Quatre photos.

La première : moi, l'air stupide.

La deuxième : moi, flou.

La quatrième : moi, vu de dos.

Mais, sur la troisième, au milieu de la série, ce n'était pas moi.

C'était la photo d'un homme, et l'un des plus laids que j'aie jamais vus. Le seul fait de le regarder, dans le creux de ma main, me fit remonter un frisson dans le bras jusque dans la nuque. L'homme avait un visage jaune. Il y avait quelque chose d'extrêmement bizarre avec sa peau, qui semblait chiffonnée autour du cou et du menton comme un vieux sac en papier. Ses yeux bleus étaient enfoncés, cachés dans les sombres cavités de ses orbites. Ses cheveux gris et filasse tombaient sans vie sur son front. À cet endroit aussi la peau était ravagée. On aurait dit que quelqu'un y avait dessiné une carte géographique, puis l'avait arrachée, ne laissant que de légères traces. L'homme était adossé contre le rideau noir. Peut-être souriait-il ? Plus exactement ses lèvres s'étiraient en une sorte de sourire, mais dans lequel ne perçait aucune bonne humeur. Niché dans le creux de ma main, il me regardait. En vérité, ce visage exprimait une pure horreur.

Je faillis froisser et jeter les photos sur-le-champ. Le visage de l'homme était tellement choquant que sa seule vue m'était insupportable. J'essayai de ne regarder que les photos de moi, mais chaque fois mes yeux revenaient sur lui. Je refermai les doigts pour le masquer, mais c'était trop tard. Je le voyais même sans le regarder. Et je le sentais qui me regardait.

Mais qui était-il et que faisait-il au milieu de mes photos ? Je m'éloignai de la machine et de ce coin de quai désert, soulagé de retrouver la foule. Il était évident que le Photomaton avait un problème technique. Il avait vraisemblablement mélangé mes clichés avec ceux du client précédent. Du moins c'est ce dont j'essayai de me persuader.

Mon oncle Peter m'attendait. Il parut content de me voir.

— J'ai cru que nous allions manquer le train, dit-il en écrasant le mégot de sa gauloise. Il ne valait pas mieux que mon père pour ce qui était du tabac. Et il fumait des cigarettes françaises très fortes. Ça ne vous abîmait pas seulement la santé, ça la détruisait.

— Montre-moi tes photos, demanda tante Anne.

C'était une jolie femme, assez nerveuse, qui s'arrangeait toujours pour paraître enthousiaste à propos de tout.

— Elles sont réussies ?

— L'appareil est déréglé.

— L'objectif a dû se détraquer quand il a vu ta tête, se moqua oncle Peter en éclatant d'un grand rire de gorge. Fais voir...

Je leur tendis les photos.

— Qui est cet homme ? demanda tante Anne en s'efforçant d'avoir l'air enjoué.

Mais je vis tout de suite que l'homme au visage jaune la perturbait. Cela n'avait rien d'étonnant. Moi aussi, il m'avait perturbé.

— Il n'était pas là, expliquai-je. En fait je ne l'ai pas vu. J'ai pris mes quatre photos, mais au développement, il est apparu.

— Tu as raison, l'appareil est détraqué, dit oncle Peter. Cet homme est sans doute la dernière personne avant toi à s'être fait tirer le portrait.

C'était ma première conclusion. Seulement, maintenant, je n'en étais plus aussi sûr. En y réfléchissant, je m'étais aperçu que, si l'appareil était déréglé et si chaque client héritait d'une photo du client précédent, celle de l'homme au visage jaune aurait dû apparaître tout en haut de la série de quatre : la sienne étant suivie par trois photos de moi. Après quoi, le prochain client hériterait d'une photo de moi, suivie par trois des siennes. Et ainsi de suite.

Et puis il y avait autre chose.

L'homme au visage jaune était assis exactement

dans la même position que celle que j'avais prise dans la cabine, en tirant le rideau noir derrière moi, pour la troisième prise. Et sa photo était justement la troisième. Je m'étais adossé contre le rideau, et lui aussi. C'était comme si l'homme s'était introduit dans la cabine et m'avait délibérément imité. Et peut-être y avait-il dans son drôle de sourire une expression ironique ? Comme s'il essayait de me communiquer quelque chose. Mais je ne voulais pas le savoir.

— Je crois que c'est un fantôme.

— Un fantôme ? s'écria Peter en riant. (Il avait un rire agaçant. Fort et saccadé comme une mitraillette). Un fantôme dans un Photomaton de gare ?

— Peter... ! protesta Anne d'un ton réprobateur. Elle s'inquiétait pour moi. Elle s'inquiétait pour moi depuis le début du divorce.

— J'ai l'impression de le connaître, affirmai-je. Je ne peux pas l'expliquer, mais je l'ai déjà vu.

— Où ? demanda Anne.

— Je ne sais pas.

— Dans un cauchemar ? suggéra Peter. Il a une vraie tête de cauchemar.

Malgré moi, je regardai à nouveau la photo. C'était vrai. Il m'était familier. Pourtant, en dépit de ce que je venais de dire, jamais je n'avais vu ce visage.

« Le train à l'approche du quai n° 1... »

La voix dans les haut-parleurs annonçait l'arrivée de notre train. Il suivit la courbe du quai, énorme et menaçant. Tout à coup, alors que je reprenais les photos, l'idée me vint que je ne devais pas monter dans ce train parce que l'homme au visage jaune s'y trouvait, qu'il était dangereux pour moi et que le Photomaton m'avait envoyé un avertissement.

Mon oncle et ma tante rassemblèrent nos bagages.

— Si on attendait le prochain ? suggérai-je.

— Comment ?

Mon oncle était déjà engagé sur le marchepied.

— On pourrait rester encore un peu à York, et prendre le train cet après-midi...

— Nous devons rentrer, intervint ma tante, qui était comme toujours la voix de la raison. Ta maman vient nous attendre à la gare. De toute façon nous avons nos places réservées.

— Allez, montez ! lança mon oncle, qui bloquait la portière.

Les gens se pressaient autour de nous et ce n'était ni le meilleur endroit ni le meilleur moment pour discuter.

Encore aujourd'hui je me demande pourquoi je me suis laissé pousser, ou convaincre de monter dans le train. J'aurais pu tourner les talons et m'enfuir. J'aurais pu rester assis sur le quai et refuser de bouger. Avec ma mère et mon père, c'est peut-être ce que j'aurais fait, mais, évidemment, si mes parents avaient été là ensemble, rien de tout ceci ne serait arrivé. Est-ce que je leur en veux ? Oui. Parfois.

Bref, je me suis retrouvé dans le train sans avoir le temps de dire ouf. Nous avions des sièges réservés dans le wagon de tête. Ce détail aussi a joué son rôle dans les événements. Pendant qu'oncle Peter mettait nos affaires dans le porte-bagages et que tante Anne sortait de son sac magazines, boissons et sandwichs, je m'assis à côté de la fenêtre, abattu et effrayé sans savoir pourquoi.

L'homme au visage jaune. Qui était-il ? Un psychopathe peut-être, relâché d'un asile d'aliénés, qui allait à Londres avec un couteau dans sa poche d'imperméable. Ou bien un terroriste, un de ces suicidaires portant une bombe comme il en existe au Proche-Orient. Ou bien un tueur d'enfants. Ou bien un monstre...

J'étais tellement persuadé de le rencontrer que je remarquai à peine la secousse du train qui démarrait. Je tenais toujours les photos serrées dans ma main, et mon regard allait du visage jaune à ceux des passagers du wagon, m'attendant à tout instant à le voir approcher.

— Qu'est-ce que tu as ? demanda mon oncle. On dirait que tu as vu un fantôme.

J'en attendais un. Je ne répondis pas.

— C'est à cause de cette photo ? s'enquit ma

tante. Franchement, Simon, je ne comprends pas pourquoi cela te bouleverse autant.

Le contrôleur arriva. Son visage n'était pas jaune mais noir et souriant. Tout était normal. Nous étions dans le train à destination de Londres, et je m'étais laissé perturber pour rien. Je pliai la bande de photos de manière à cacher le visage jaune. Une fois arrivé à Londres, je la découperais. Une fois arrivé à Londres.

Mais je ne suis pas arrivé à Londres. Pas avant très, très longtemps.

Je n'ai rien vu venir. Nous roulions très vite, filant à travers les champs verdoyants et les bosquets d'arbres, lorsque j'ai senti un soubresaut, comme si des mains invisibles m'arrachaient de mon siège. Ça a commencé ainsi, par une sorte de hoquet mécanique. Ensuite, j'ai eu l'étrange sensation que le train s'envolait, à la manière d'un avion en bout de piste. L'avant du train décollait du sol. Cela a peut-être duré quelques secondes, mais dans mon souvenir ces secondes me paraissent s'être prolongées une éternité. Je me souviens de mon oncle, tournant la tête d'un air interrogateur. Et de ma tante, qui avait peut-être compris avant nous ce qui se passait, ouvrant la bouche pour crier. Je me souviens des autres passagers. Je garde dans ma mémoire des instantanés d'eux. Une mère avec ses petites filles, des rubans dans leurs cheveux. Un homme moustachu, son stylo immobilisé au-dessus des mots croisés du *Times*. Un garçon de mon âge écoutant son Walkman. Le train était presque plein. Il n'y avait quasiment pas de siège vide.

Ensuite, le choc. Le monde qui se met à tournoyer, les vitres qui éclatent, les valises et les manteaux qui dégringolent, des feuilles de papier qui me fouettent le visage, des milliers d'éclats de verre qui me rentrent dans la chair, le hurlement assourdissant de la ferraille déchirée, les étincelles et les flammes qui bondissent, l'air froid qui s'engouffre, et enfin l'horrible grondement et les trépidations, semblables à ceux d'un train de fête foraine. Sauf que, cette fois, la terreur n'avait pas de fin. Cette fois, c'était pour de vrai.

Silence.

On dit toujours qu'un grand silence s'abat après un accident. C'est vrai. J'étais sur le dos, coincé sous un objet lourd. Je ne voyais que d'un œil. Quelque chose coulait sur mon visage. Du sang.

Ensuite, les cris ont commencé.

Des adolescents, des fous, avaient lâché un bloc de ciment du haut d'un pont, à la sortie de Grantham. Le train l'a percuté et a déraillé. Neuf personnes ont été tuées dans l'accident, et vingt-neuf autres grièvement blessées. Je faisais partie des plus atteints. Je ne me souviens guère d'autre chose – ce qui n'est pas plus mal. Mon wagon a pris feu et j'ai été sérieusement brûlé avant que mon oncle réussisse à me porter à l'abri. Lui-même n'a eu que quelques égratignures et hématomes. Tante Anne a eu le bras cassé.

J'ai passé de nombreuses semaines à l'hôpital. De cela non plus je n'ai gardé aucun souvenir. Il a fallu six mois pour que mon état s'améliore. Mais l'« amélioration » ne m'a jamais permis de redevenir comme avant.

Tout cela est arrivé il y a trente ans.

Et maintenant ?

Je n'ai pas à me plaindre, je suppose. Après tout, j'ai survécu, et malgré mes blessures je profite de la vie. Néanmoins les dommages que j'ai subis n'ont pas disparu. Les chirurgiens ont fait de leur mieux, mais j'avais des brûlures au troisième degré sur tout le corps et ils ne pouvaient pas accomplir de miracles. Mes cheveux ont repoussé : ils sont gris et sans vie. Mes yeux sont creux. Et puis il y a ma peau.

Je me vois, là, dans le miroir.

Et c'est l'homme au visage jaune qui me renvoie mon regard.

9

L'oreille du singe

L'histoire commence, comme beaucoup d'histoires, dans le *souk* de Marrakech, autrement dit le marché couvert. On raconte qu'il y a autant d'histoires dans le *souk* que de marchandises à vendre, et s'il vous est déjà arrivé de vous perdre dans les innombrables ruelles couvertes, où s'entassent des centaines de boutiques et d'échoppes croulant sous le poids de milliers d'articles (qui vont des babioles aux flacons d'épices, en passant par les tapis et le café en grain), vous comprendrez qu'il existe bien plus d'histoires que l'on ne pourrait en raconter en une centaine de soirées, ou même une centaine d'années.

Les Becker étaient venus au Maroc en vacances,

et ils s'étaient retrouvés dans le *souk* de Marrakech pour la seule et unique raison que l'excursion était gratuite. Tous les hôtels offrent des visites gratuites. Le but, bien évidemment, étant de pousser les touristes à dépenser leur argent une fois qu'ils sont dans le marché. Mais cette fois ça ne marcherait pas... pas avec les Becker.

— Il fait trop chaud, se lamentait Brenda Becker. Et toutes ces mouches ! On n'aurait jamais dû venir ! J'ai pourtant dit que je ne voulais pas. D'ailleurs il n'y a rien à acheter. Toute cette pacotille...

Elle chassa une mouche qui virevoltait autour de son visage poupin et légèrement hâlé.

— Si au moins il y avait un magasin *Marks & Spencer* ! grommela-t-elle.

Son mari, Brian Becker, serra les dents et lui emboîta le pas. Il avait toujours le sentiment d'être un pas derrière elle, comme le prince Philip derrière sa fichue Reine. Il est vrai que Brenda dirigeait ses moindres faits et gestes. C'est pourquoi Brian aimait tellement son travail : Brian Becker était agent de la circulation. Tout d'abord, travailler l'éloignait d'elle. Mais cela lui permettait aussi, du moins quand il était de service à la circulation, de diriger les opérations.

Un vendeur en jean déchiré et tee-shirt sale s'approcha pour lui montrer une rangée de perles. Brian le congédia d'un geste las de la main.

— Va-t'en ! cria-t-il. Fiche le camp, Sinbad !

Il s'arrêta pour essuyer la sueur de son front, sur lequel étaient plaqués les maigres cheveux qui lui restaient. Brian Becker était un homme petit et chétif, avec un visage maigre et une peau un peu orangée. Il avait perdu ses cheveux dès l'âge de vingt ans et, même encore maintenant, la vue de son crâne chauve et moucheté comme un œuf le gênait. Quand il réglait la circulation, c'était une autre affaire. Il aimait l'uniforme. En uniforme il se sentait élégant, surtout avec la casquette qui dissimulait sa calvitie. D'ailleurs il la portait même à la maison, au lit, et jusque dans la baignoire ! Mais ici, habillé en touriste, avec son short trop large pour ses jambes maigrelettes et sa chemise chamarrée ornée de fleurs (choisie par Brenda avant leur départ), il avait l'air ridicule.

Un garçon de douze ans, qui marchait juste à côté de Brenda, complétait la famille. C'était Bart Becker, leur unique enfant. Bart avait la chance de n'avoir hérité ni du physique de son père, ni du poids excessif de sa mère. Mince, le teint pâle, et des cheveux blonds qui rebiquaient sur son front un peu comme ceux de son héros de bandes dessinées préféré : Tintin. Du trio, il était le seul à apprécier la promenade dans le *souk*. L'explosion des couleurs, la richesse des odeurs et les cris des marchands, mêlés à la plainte lointaine des flûtes et des tambours, tout lui paraissait mystérieux et captivant. La différence essentielle entre Bart et ses parents était peut-être que, depuis son plus jeune âge, il adorait la lecture. Il aimait les histoires. Pour lui, la vie était une perpétuelle aventure. Pour ses parents c'était seulement une chose qu'ils devaient subir.

— Nous sommes perdus ! s'exclama Brenda. C'est de ta faute, Brian ! Je veux retourner à l'hôtel.

— Très bien ! Très bien !

Brian s'humecta les lèvres et regarda autour de lui. L'ennui, au milieu du *souk,* c'était que tous les passages se ressemblaient, et il avait depuis longtemps perdu tout sens de l'orientation.

— C'est par là, déclara-t-il en pointant le doigt.

— On en vient !

— Ah bon ?

— Tu es un imbécile, Brian. Ma mère me l'a toujours dit et j'aurais dû l'écouter. Nous sommes perdus et nous n'arriverons jamais à sortir de ce taudis.

— Très bien ! Très bien ! reprit Brian, qui répétait toujours les deux mêmes mots. Je vais demander à quelqu'un. Il y avait un magasin d'antiquités, sur un côté de la ruelle, qui vendait des poignards et des bijoux en argent. Ainsi que Brenda n'avait pas manqué de le faire remarquer à plusieurs reprises, tout ce qui se vendait dans le *souk* était probablement faux. La plupart des objets n'étaient pas plus des antiquités que sa hanche artificielle. Mais cette boutique-là était différente. Les poignards paraissaient un peu plus mortels et les bijoux plus brillants. Et puis il y avait autre chose. La bâtisse elle-même, sombre et de guingois, avait l'air plus ancienne que le reste du *souk*, comme si elle avait vu le jour la première et que les autres échoppes du marché eussent peu à peu poussé autour d'elle.

Ils entrèrent. Quand ils franchirent la porte, tout le brouhaha du *souk* s'éteignit brusquement. Ils se trouvaient dans une pièce semblable à une caverne, au sol revêtu d'un épais tapis, et où flottait une odeur de thé à la menthe.

— Il n'y a personne, là-dedans ! s'exclama Brenda.

— Regardez ça ! C'est super !

Bart venait de dénicher un long sabre recourbé. La poignée était incrustée de pierres vert foncé et la lame était tachée de ce qui pouvait être du sang séché.

— N'y touche pas ! aboya Brenda. C'est sale.

— Si tu le casses, nous serons obligés de le payer, ajouta Brian.

La tenture qui masquait la porte ondula et un jeune garçon apparut. Il avait environ le même âge que Bart, mais il était plus petit, avec une peau très sombre, des cheveux noirs, et un visage rond, un peu féminin. Il aurait été beau sans l'énorme orgelet sur une de ses paupières, qui le faisait loucher et lui donnait un air un peu sinistre.

— Bonjour. Vous voulez acheter quelque chose ?

Il parlait l'anglais d'une voix mélodieuse et avec un fort accent. Il l'avait probablement appris comme un perroquet en écoutant ses parents.

— Non, nous ne voulons rien acheter, merci beaucoup, répondit Brenda.

— Nous cherchons la sortie, expliqua Brian avec un geste du pouce vers la porte. Sortie. Hôtel. Taxi !

— Nous avons de très beaux bijoux, dit le garçon. Un joli collier pour la dame. Ou alors un tapis ?

— Ni bijoux, ni tapis, répliqua vertement Brian. Nous voulons rentrer chez nous !

— Ça ne sert à rien, Brian, marmonna Brenda.

— Je vous vends quelque chose de très spécial !

Le garçon regarda autour de lui et ses yeux s'arrêtèrent sur un objet ratatiné, posé sur une étagère. C'était brun et arrondi, en partie enveloppé dans un papier sale.

— Je vous vends ceci ! lança-t-il en mettant l'objet sur le comptoir.

— Nous n'en voulons pas, rétorqua Brian.

— C'est révoltant, grommela Brenda.

— Qu'est-ce que c'est ? demanda Bart.

Le garçon le fixa de son regard noir.

— C'est à mon oncle. L'oreille du singe. C'est très ancien. Très puissant. Très secret.

— À quoi ça sert ?

— Ne l'encourage pas, Bart, coupa sa mère.

Trop tard. Le garçon l'ignora et poursuivit.

— L'oreille du singe réalise quatre vœux, expliqua-t-il en comptant sur ses doigts comme s'il vérifiait son anglais. Un. Deux. Trois. Quatre. Tu dis à l'oreille ce que tu souhaites et tu l'obtiens. Très rare ! Mais très bon marché ! Je te le donne pour un bon prix...

— Nous n'en voulons pas, insista Brenda.

Bart prit l'objet en main. L'oreille se nicha dans le creux de sa paume. Elle paraissait faite en cuir, mais il y avait quelques poils sur le dos. L'intérieur était noir et avait l'aspect du plastique. Bart aurait presque préféré que cela en soit. Il n'aimait pas particulièrement l'idée qu'il tenait une véritable oreille, découpée sur un vrai singe.

— Quatre vœux, répéta le garçon. Un. Deux. Trois. Quatre.

— Fichons le camp d'ici, dit Brenda.

— Non, je la veux ! protesta Bart en regardant ses parents. Tu as promis que je pourrais acheter quelque chose dans le *souk* et c'est ça que je veux !

— Mais pourquoi ? intervint Brian, qui essuya du revers de sa manche un filet de sueur qui lui dégoulinait sur le menton. Que veux-tu en faire ?

— Je la veux, c'est tout. Je trouve ça génial.

— Brian..., gronda Brenda, de ce ton particulier qu'elle prenait quand elle était sur le point d'exploser.

— Quel prix en veux-tu ? demanda Brian au garçon.

— Mille dirhams.

— Mille dirhams ? Ça fait... ça fait...

Brian essayait de calculer.

— C'est beaucoup trop, coupa Brenda. Plus de cinquante livres.

— Tu acceptes cinq cents dirhams ? proposa Brian.

— Sept cents, marchanda le garçon.

— Allons, viens, Bart, ordonna Brian en saisissant le bras de son fils. Nous ne sommes pas entrés ici pour acheter quelque chose. Nous voulions juste demander le chemin pour sortir.

— Six cents ! insista Bart.

Il ne savait pas exactement pourquoi il avait envie de cette oreille de singe, mais maintenant qu'il avait commencé à discuter, il voulait aller jusqu'au bout.

— D'accord, acquiesça le garçon. Marché conclu. Six cents dirhams.

Il enveloppa rapidement l'oreille de singe dans le papier sale et la lui tendit.

Brian fit la grimace mais compta les billets.

— Ça fait quand même vingt livres, grommela-t-il. C'est cher pour une saleté pareille...

— Vous avez promis, lui rappela Bart.

Il avait calculé mentalement que la somme se rapprochait plutôt de trente livres que de vingt, mais il jugea préférable de ne rien dire.

Ils quittèrent la boutique et se fondirent très vite dans le tourbillon du *souk*. Pendant ce temps, dans le magasin d'antiquités, la tenture s'était à nouveau écartée, et un homme monstrueusement gros était apparu, vêtu d'une djellaba blanche traditionnelle qui tombait sur ses babouches. L'homme s'était absenté un moment pour acheter des loukoums et il se lécha les doigts en s'asseyant derrière le comptoir. Il regarda le garçon qui comptait les billets. Il fronça les sourcils et tous deux se lancèrent dans une discussion en arabe. Même si les Becker avaient encore été là, ils n'en auraient pas compris un traître mot.

Des touristes sont venus, mon oncle. Des stupides touristes anglais. Ils m'ont donné six cents dirhams !

— *Que leur as-tu vendu ?*

— *L'oreille de singe.*

L'homme écarquilla les yeux. Il se leva vivement pour s'approcher de l'étagère et s'en assurer.

Tu leur as vendu l'oreille de singe ! s'exclama-t-il. *Où sont-ils ? Par où sont-ils allés ?*

Il empoigna le garçon.

Réponds-moi !

— *Ils sont partis ! Je croyais que ça te ferait plaisir, mon oncle ! Tu as dit que cette oreille de singe n'avait aucune valeur. Tu as dit que...*

— *J'ai dit que nous ne pouvions pas la vendre ! Que nous ne devions pas la vendre ! Le singe à qui appartenait cette oreille était malade. Tu n'as aucune idée du danger ! Vite, espèce de fils de chèvre ! Retrouve les touristes. Rends-leur leur argent. Tu dois le leur rendre...*

— *Mais tu as dit...*

— *Retrouve-les ! File ! Prions Allah pour qu'il ne soit pas trop tard !*

L'homme poussa le garçon hors de la boutique.

Cherche partout !

Le garçon partit en courant dans le *souk*. Le gros homme s'affala sur sa chaise et enfouit la tête entre ses mains.

Il était déjà trop tard. Les Becker avaient réussi à sortir du *souk* et roulaient maintenant dans un taxi en direction de leur hôtel. Deux jours plus tard, ils quittaient Marrakech, l'oreille de singe dans leurs bagages.

Les Becker vivaient dans un petit pavillon moderne, à Stanmore, une banlieue tentaculaire du nord de Londres. Ils étaient rentrés depuis une semaine lorsque Brenda tomba sur l'oreille de singe alors qu'elle faisait le ménage dans la chambre de Bart. Brenda avait une curieuse façon de faire le ménage. Pour elle, cela impliquait de fouiller dans tous les tiroirs et placards, de lire le journal intime et les lettres de Bart, et, d'une façon générale, de fouiner partout. C'était le genre de mère qui imagine toujours le pire de son enfant. Elle croyait dur comme fer qu'il lui cachait des choses. Peut-être s'était-il mis à fumer ? Peut-être était-il homo ? Quels que soient ses secrets, elle était bien décidée à les découvrir.

Comme d'habitude, elle n'avait rien trouvé. Elle avait déniché l'oreille de singe sous une pile de *Tintin* et l'avait emportée au rez-de-chaussée en guise de preuve à charge.

Bart venait justement de rentrer de l'école. Brian était lui aussi revenu de son travail. Il avait eu une mauvaise journée. Après neuf heures passées à arpenter les rues, il n'avait réussi qu'à coller trois cent sept contraventions de stationnement – ce qui était très loin de son record. Il était assis dans la cuisine, toujours en uniforme et coiffé de sa précieuse casquette, et mangeait un sandwich au poisson pané. Bart était lui aussi attablé dans la cuisine, en train de faire ses devoirs.

— Je vois que tu as gardé ce truc répugnant, accusa Brenda.

— Oh, maman...

Il comprit que sa mère venait encore de fouiller sa chambre.

— Nous avons payé cette chose une somme exorbitante et tu l'as fourrée dans un coin, dit-elle d'un ton indigné. Quel gaspillage ! Nous n'aurions jamais dû l'acheter.

— Ce n'est pas vrai, protesta Bart. Je l'ai emportée à l'école pour la montrer à tout le monde. Mes copains l'ont trouvée démente.

— Tu as fait des vœux ? gloussa son père. Tu pourrais demander à être premier de la classe. Ça changerait.

— Non, répondit Bart.

Il avait presque oublié ce qu'avait raconté le garçon à l'orgelet, mais en vérité il aurait surtout été gêné de prononcer un vœu dans l'oreille de singe. C'était un peu comme de croire aux fées ou au Père Noël. Il avait voulu l'oreille parce qu'elle était étrange et hideuse. Pas parce qu'elle pouvait lui apporter la richesse.

Son père dut lire dans ses pensées car il déclara :

— Ce ne sont que des sottises. Une oreille de singe qui exauce tes vœux ! Quel attrape-nigaud !

— Ce n'est pas vrai ! répliqua Bart, qui ne pouvait s'empêcher de contredire son père systématiquement. Nous avons lu une nouvelle, en classe, cette semaine. C'était exactement la même histoire... sauf qu'il ne s'agissait pas d'une oreille de singe, mais d'une patte. Et c'était moins bien que l'oreille parce qu'elle n'exauçait que trois vœux au lieu de quatre.

— Et qu'arrive-t-il dans l'histoire ? demanda Brian.

— On ne l'a pas encore terminée.

Ce n'était pas tout à fait exact. Leur professeur avait en réalité terminé l'histoire, écrite par un certain Edgar Allan Poe, mais il faisait chaud, ce jour-là, et Bart rêvassait, si bien qu'il n'avait pas entendu la fin.

Brian prit l'oreille à sa femme et la retourna dans sa main. Il plissa le nez. L'oreille était douce, duveteuse et tiède au toucher.

— Ce serait drôlement formidable si ça marchait, dit-il.

— Quel vœu ferais-tu, papa ?

Brian saisit l'oreille entre le pouce et l'index, et leva l'autre main pour demander le silence.

— Je voudrais une grosse Ferrari ! déclara-t-il.

— C'est stupide, maugréa sa femme.

La sonnette de l'entrée retentit. Brenda fit la moue et Bart lança :

— J'y vais.

Il alla ouvrir la porte. Bien entendu, il avait peu de chances de voir une Ferrari dans la rue. Il ne s'y attendait pas. Pourtant il fut un peu déçu de constater qu'il avait raison, et que la rue était déserte, à l'exception d'un petit Hindou, qui tenait un sac en papier brun.

— Oui ? dit Bart.

— Je suis bien au 15, Green Lane ?

— Oui, c'est notre adresse.

L'Hindou lui tendit le sac en papier.

— Voici les plats que vous avez commandés.

— Nous n'avons rien commandé...

— Qu'est-ce que c'est ? demanda Brenda qui était arrivée derrière Bart.

— Quelqu'un qui prétend que nous avons passé une commande chez le traiteur, répondit Bart.

Brenda jeta un regard méprisant à l'Hindou. Elle détestait la nourriture étrangère, et les étrangers par la même occasion.

— Vous vous êtes trompé d'adresse, déclara-t-elle. Nous ne voulons pas de ça chez nous.

— C'est pourtant bien 15, Green Lane, insista l'Hindou. Riz au carry pour trois.

— Des carrys ?

— Tout est payé.

L'Hindou fourra le sac dans les mains de Bart et s'en alla avant que quiconque eût le temps de protester.

Bart rapporta le sac dans la cuisine.

— Qu'est-ce que c'est ? demanda son père.

— Des plats indiens, paraît-il...

— C'est bizarre, fit remarquer Brian. Il n'y a pas de traiteur indien dans le quartier.

— Il affirme que c'est déjà payé, précisa Brenda.

— Dans ce cas, autant le manger.

Aucun des Becker n'avait jamais goûté de cuisine indienne. Ils ouvrirent le sac et découvrirent une boîte en plastique contenant du riz au carry. Bart en prit une cuillerée et goûta.

— Bah ! C'est trop fort, déclara-t-il.

— Je vais le donner au chat, dit Brenda.

Brian soupira.

— Pendant une seconde, j'ai cru que cette stupide oreille de singe avait exaucé mon vœu. J'ai imaginé que tu allais ouvrir la porte et découvrir une Ferrari flambant neuve, gagnée dans un concours ou quelque chose de ce genre. Ç'aurait été formidable, non ?

— Une Ferrari est un vœu stupide, de toute façon, trancha Brenda. Tu n'aurais même pas les moyens de l'entretenir. Imagine un peu le prix de l'assurance !

— Et toi, maman, quel serait ton vœu ? questionna Bart.

— Je ne sais pas... (Brenda réfléchit un instant.) Je crois que je demanderais des millions ! J'aimerais gagner au Loto.

— D'accord ! dit Brian en levant l'oreille de

singe pour la deuxième fois. Je veux un paquet de fric !

Rien ne se produisit. La sonnette ne sonna pas. Ni le téléphone. Et au tirage du Loto, ce soir-là (c'était un mercredi), Brian n'eut même pas un numéro gagnant. Il monta se coucher, aussi pauvre et frustré qu'à son réveil.

Cependant, le lendemain, il se produisit un curieux événement. Au cours de sa tournée, alors que Brian venait d'infliger une contravention pour mauvais stationnement à un retraité et qu'il rebroussait chemin vers la gare où il savait trouver une bonne dizaine de véhicules en infraction, il croisa une femme penchée sous le capot d'une camionnette blanche. Brian esquissa un sourire. La camionnette était garée sur un emplacement interdit. Il sortit son carnet de contraventions.

— Vous n'avez pas le droit de stationner ici, prévint-il.

La femme se redressa et ferma le capot. Elle était jeune et assez jolie, en tout cas plus jeune et plus jolie que Brenda.

— Je suis désolée, s'excusa-t-elle. Ma camionnette est tombée en panne. Je vais travailler au marché, juste à côté. Heureusement, j'ai réussi à la réparer. Vous n'allez pas me mettre une amende, n'est-ce pas ?

— Eh bien... (Brian feignit de réfléchir, mais en réalité il n'avait aucune raison de la sanctionner, surtout si elle repartait tout de suite.) Très bien, conclut-il. Ça ira pour cette fois.

— Vous êtes très gentil.

La femme se pencha à l'intérieur de la camionnette et sortit un récipient en carton.

— Laissez-moi vous offrir ceci, dit-elle. Pour vous remercier.

— Qu'est-ce que c'est ? demanda Brian, intrigué, bien qu'il ne fût pas censé accepter de cadeaux.

— C'est ce que je vends au marché, expliqua la femme. Des frites. Vous verrez, elles sont délicieuses. J'espère que vous les aimerez.

— Eh bien, je ne sais pas si..., hésita Brian.

Mais la femme était déjà remontée dans sa camionnette et elle démarra sans tarder.

Les frites étaient succulentes. Brian et Bart en mangèrent le soir même, mais Brenda refusa car elle était au régime. De plus, elle était de mauvaise humeur. La machine à laver le linge était tombée en panne dans l'après-midi, et le dépanneur avait annoncé que la réparation coûterait quatre-vingt-dix livres.

— Je ne sais pas où je vais trouver cet argent, grommela-t-elle.

Son regard tomba alors sur l'oreille de singe, qui était restée à l'endroit où ils l'avaient laissée la veille.

— Je constate que ce machin ridicule ne nous a pas rapporté un sou, reprit-elle. Si seulement il avait le pouvoir d'exaucer les vœux. Pour commencer, j'aimerais un nouveau lave-linge. Et une nouvelle maison. Et un nouveau mari, aussi, par la même occasion...

— Qu'est-ce que tu me reproches ? se plaignit Brian.

— Tu n'as pas un bon travail. Tu ne gagnes pas assez. Tu te cures le nez au lit. Et je regrette que tu aies perdu tes cheveux. Tu étais beaucoup plus beau étant jeune.

C'était une chose particulièrement méchante à dire. Brenda savait Brian susceptible au sujet de son apparence, mais quand elle était de mauvaise humeur, elle la déversait toujours sur lui.

Brian se renfrogna. Il prit l'oreille de singe et grommela :

— Je veux avoir les cheveux longs et me faire un catogan !

— Tu perds ton temps, dit Brenda. Tu es chauve, et tu seras chauve jusqu'à ta mort. Cette oreille de singe a plus de poils que toi ! Et puis les catogans, ça fait mauvais genre.

Cette nuit-là, le temps changea. La journée avait

pourtant été ensoleillée, mais, après que les Becker furent montés se coucher, les nuages s'amoncelèrent, le vent se leva et, juste avant minuit, un coup de tonnerre assourdissant éclata. Brenda se réveilla en sursaut.

— Qu'est-ce que c'était ? gémit-elle.

Il y eut un second coup de tonnerre. En même temps, les nuages se déchirèrent, et une pluie torrentielle s'abattit, qui tambourina sur le toit et fouetta si violemment les fenêtres que les vitres en tremblèrent. Le vent forcit. Les arbres qui bordaient Green Lane ployèrent, se tordirent en tous sens, et des branches entières furent arrachées et projetées en travers de la rue. Des éclairs zébraient le ciel. Quelque part, une sonnette d'alarme se déclencha. Des chiens hurlaient et aboyaient. Le vent mugissait et la pluie mitraillait la maison.

— Que se passe-t-il ? s'écria Brenda.

Brian s'approcha de la fenêtre en pyjama, mais il ne put rien voir. La pluie ruisselait sur les vitres. On aurait dit un rideau épais enveloppant le pavillon.

— L'orage est déchaîné ! s'exclama-t-il.

— Pourtant la météo n'a pas annoncé de pluie !

— Eh bien, la météo s'est trompée !

Il y eut un grand fracas au-dessus d'eux, et un objet compact et rouge tomba du ciel et se désintégra devant la maison.

— Qu'est-ce que c'était ?

— La cheminée ! La maison est en train de s'écrouler !

En réalité, le pavillon résista à la tempête, mais, le lendemain matin, au petit déjeuner, les Becker découvrirent qu'ils allaient devoir dépenser beaucoup plus d'argent que pour la machine à laver. Le vent avait arraché la cheminée et une partie du toit. La voiture de Brian était couchée sur le flanc. Le jardin de rocaille avait disparu. Tous les poissons avaient été soufflés hors du bassin, et la clôture avait volé quelque part de l'autre côté de Londres.

Curieusement, leur maison était apparemment la seule à avoir subi des dégâts. Comme si la tempête s'était acharnée uniquement sur eux.

— Je n'y comprends rien, se lamenta Brenda. Que s'est-il passé ? Pourquoi nous ? Nous n'avons rien fait pour mériter ça !

— C'était un ouragan ! dit Brian. Un ouragan, voilà ce que c'était !

Bart avait écouté ses parents en silence, mais les derniers mots de Brian lui rappelèrent quelque chose. Un ouragan ? Il se remémora le dîner de la veille, et le petit déjeuner de l'avant-veille. Il regarda l'oreille de singe, posée sur le buffet. Son père avait fait trois vœux, et rien ne s'était produit.

Mais était-ce bien sûr ?

— Ça a marché, murmura-t-il. L'oreille de singe...

— Qu'est-ce que tu marmonnes ? demanda Brian.

— Ça a marché, papa ! Enfin... plus ou moins.

Il fallut plusieurs minutes à Bart pour rassembler ses idées. Pourtant il savait qu'il avait raison. Il le savait.

— L'oreille de singe ne nous a rien donné, à ce que je sache, maugréa Brenda.

— Mais si, maman, affirma Bart en prenant l'oreille. Nous avons fait trois vœux et nous avons reçu trois choses. Sauf que ce n'étaient pas les bonnes. C'est comme si l'oreille entendait mal. C'est peut-être pour ça qu'elle ne coûtait pas cher.

— Vingt livres, je trouve ça cher, objecta Brian.

— Mais non, papa. Si l'oreille avait fonctionné correctement, ç'aurait été une sacrée affaire.

— De quoi parles-tu ?

— Voyons. Quel était ton premier vœu ?

— De l'argent.

— Non. Tu as d'abord demandé une grosse Ferrari. Et que s'est-il passé ? Un petit Hindou a sonné à la porte et nous a donné...

— Cette horrible chose épicée ! l'interrompit Brenda.

— Oui. Mais quoi, exactement ? Du riz au carry ! Tu ne comprends pas ? L'oreille est dure d'oreille. Au lieu de « Ferrari », elle a entendu carry » !

— Le deuxième vœu était « un paquet de fric », rétorqua Brenda.

— Exact. C'est alors que tu as rencontré cette femme qui t'a donné « un sachet de frites ». Phonétiquement ce n'était pas loin. Mais là encore, l'oreille s'est trompée. Et puis, hier soir...

— J'ai dit que je voulais avoir les cheveux longs pour me faire « un catogan », se souvint Brian.

— Oui. Et qu'avons-nous eu à la place ?

Brian et Brenda dévisagèrent Bart, qui ajouta :

— « Un ouragan » !

Il y eut un long silence. Tous les trois regardaient fixement l'oreille de singe.

— C'était un singe sourd ! s'écria Brian.

— Oui.

— Satanée bestiole ! Mais alors... si j'avais parlé un peu plus fort... j'aurais eu ce que je voulais !

Les yeux de Brenda s'illuminèrent.

— Il nous reste un vœu !

Bart saisit vivement l'oreille de singe.

— C'est mon oreille ! Vous l'avez achetée pour moi et, cette fois, c'est à moi de faire un vœu. Je pourrais demander un nouveau vélo. De ne plus jamais aller à l'école. D'être millionnaire. Je veux faire le vœu !

— Pas question ! se récria son père, qui s'empara de l'autre bout de l'oreille. Il ne nous reste qu'une chance. Et c'est moi le chef de famille...

— Papa !

— Donne-la-moi !

— Non !

Le père et le fils tiraient chacun sur l'oreille, tandis que Brenda essayait encore de comprendre ce qui se passait.

— Je la veux, papa ! brailla Bart.

— Ça suffit ! Tu m'énerves ! Va au diable !

À peine les mots furent-ils sortis de la bouche de Brian, qu'il y eut un violent éclair et une explosion, accompagnés d'un nuage de fumée verte. Lorsque Brenda et Brian rouvrirent les yeux, l'oreille de singe gisait sur la table de la cuisine. Et Bart avait disparu.

Brenda fut la première à recouvrer ses esprits.

— Espèce d'imbécile ! beugla-t-elle. Pauvre crétin ! Qu'est-ce que tu as dit ?

— Ce que j'ai dit ?

Brian se rappela ses paroles et devint tout pâle.

— Tu lui as dit d'aller au diable ! se lamenta Brenda en se laissant tomber sur une chaise, la bouche ouverte. Notre fils ! Notre fils unique ! C'est ça que tu souhaitais ?

— Attends, attends ! s'affola Brian. Tu as entendu ce que racontait Bart. L'oreille de singe ne fonctionne pas. Elle entend mal.

— Tu lui as dit d'aller au diable !

Depuis ce jour, Brenda et Brian cherchent Bart

sous les tables, dans le sable. Récemment, ils ont déménagé au diable vauvert.

Et ils tirent toujours le diable par la queue !

TABLE

Le Livre de Poche s'engage pour
l'environnement en réduisant
l'empreinte carbone de ses livres.
Celle de cet exemplaire est de :
335 g éq. CO₂
Rendez-vous sur
www.livredepoche-durable.fr

PAPIER À BASE DE
FIBRES CERTIFIÉES

« Pour l'éditeur, le principe est d'utiliser des papiers composés de fibres naturelles, renouvelables, recyclables et fabriquées à partir de bois issus de forêts qui adoptent un système d'aménagement durable. En outre, l'éditeur attend de ses fournisseurs de papier qu'ils s'inscrivent dans une démarche de certification environnementale reconnue. »

Édité par la Librairie Générale Française - LPJ
(58 rue Jean Bleuzen, 92170 Vanves)

Composition Jouve
Achevé d'imprimer en Espagne par Liberdúplex
Dépôt légal 1ʳᵉ publication août 2014
60.7779.7/08 - ISBN : 978-2-01-000907-5
Loi n° 49-956 du 16 juillet 1949 sur les publications destinées à la jeunesse
Dépôt légal : septembre 2018